Силы
СПЕЦИАЛЬНЫХ
ОПЕРАЦИЙ

СЕРГЕЙ ЗВЕРЕВ

ШЕВРОНЫ СПЕЦНАЗА

Москва   2016

УДК 821.161.1-312.4
ББК 84(2Рос=Рус)6-44
  З-43

В оформлении обложки
использованы фотоматериалы *К. Лазарева*

Зверев, Сергей Иванович.

З-43 Шевроны спецназа / Сергей Зверев. — Москва : Эксмо, 2016. — 256 с. — (Силы специальных операций).

ISBN 978-5-699-85316-8

Индийские власти обратились к командованию российского
спецназа с просьбой оказать помощь в охране стратегической
электростанции, которая находится на проблемной приграничн-
ной территории. Двадцать спецназовцев под видом специали-
стов-электриков отправились в Индию. Вскоре рядом с электростанцией начались провокации, затем террористы попытались
взорвать плотину, но все безуспешно — российские бойцы отра-
зили все атаки боевиков. И тогда в дело вмешиваются американские «зеленые береты»...

УДК 821.161.1-312.4
ББК 84(2Рос=Рус)6-44

ISBN 978-5-699-85316-8

Пролог

Лето раскинулось над Кавказскими горами. Солнце слепило глаза и, казалось, играло роль вселенской жаровни, подогревающей синее небо, скалы с редким кустарником и плотный ковер зеленого леса предгорий. Восходящие потоки горячего воздуха отделялись от скальных образований и устремлялись вверх, перемешиваясь с чистым, наполненным до предела озоном, горным ветром, который дул вдоль водораздела. На границе этих двух воздушных масс черной точкой в густой синеве парил сокол.

Птица прикладывала минимальные усилия для полета. Ветер свободно нес хищника вдоль хребта, а идущий снизу поток поддерживал его на высоте.

После затяжной туманной весны сокол прилетел сюда в первый раз. Он знал, что суслики и мыши непременно выберутся погреться на солнце. Трава и низкий кустарник после холодной ночи оставались еще сырыми, а камни и щебенка перед скалами уже давно высохли от росы и достаточно прогрелись. Прозрачные холодные глаза сокола бесстрастно фиксировали местность, подстерегая малейшее движение в пределах громадного круга, который он осматривал с высоты.

Вот что-то шевельнулось внизу, на самой границе леса, вплотную подходящего к скалам. Сокол сразу же плавно скользнул вниз, в теплые слои воздуха, стараясь точнее определить объект, привлекший его внимание. Однако через несколько секунд хищник разочарованно сделал несколько взмахов и вновь метнулся ввысь. На человека сокол не охотился.

Вышедшие из леса люди совершенно не интересовали птицу, хотя если бы она умела говорить, словно сказочный персонаж, то за слова об увиденном командир спецназа навсегда бы обеспечил ее ежедневной кормежкой из жирных сусликов.

Второй взвод первой боевой группы 43-го отряда специального назначения возвращался с задания. Сейчас бойцы совершенно не были похожи на тех красивых спецназовцев, которых так любит показывать телевидение. Чувствовалось, что люди предельно измотаны долгим переходом. Грязные лица, на которых маскировочная краска перемешалась с потом, выражали полное равнодушие, кроме глаз, живших отдельной жизнью. Они были настороженные и внимательные, причем никто из парней не задерживал взгляд долго на каком-либо предмете. Все постоянно крутили головами, осматривались и прислушивались. Их одежда, крепкие «горки», запачкалась травой, грязью и землей до самых капюшонов, не говоря уже о ботинках. Никто из бойцов, несмотря на жару, не сбросил куртку, чтобы остаться в майке. Комаров и клещей в лесу хватало с избытком.

— Привал! — прохрипел плотный парень в камуфляже, перебрасывая автомат за спину, и уселся на камень, выступавший из травы. — Резкий и Тюлень, на прикрытие! — мотнул он головой в сторону скал. — Подниметесь на десяток метров, и повнимательней там! Остальным — отдых пятнадцать минут!

От группы сразу же отделились двое бойцов и неторопливо стали подниматься по узкой расщелине, засыпанной щебенкой. Последним шел спецназовец с перевязанной правой рукой. Рукав его куртки был обрезан у самого плеча, а руку, согнутую в локте, фиксировала зеленая медицинская косынка. На повязке, чуть ниже плеча, сквозь бинты проступала кровь. Парень поднимался осторожно, прижимая поврежденную руку к туловищу, и поэтому несколько отставал от своего напарника.

Два спецназовца, которые несли сделанные из толстых веток носилки, опустили их на землю и облегченно разогнули спины. Один из них отстегнул фляжку от пояса, поболтал ее в руке, кивнул и наклонился к лежащему на носилках человеку:

— Попей, Тайсон.

Тот лишь равнодушно покачал головой и прикрыл глаза.

— Как нога, братишка?

— Пройдет, Андрюха, — хриплым шепотом ответил Тайсон. — До свадьбы заживет. Наверное.

Его товарищ, вздохнув, посмотрел на раненую ногу Тайсона. Брезентовая ткань «горки» на левой икре была прострелена, и внутри маленькой дырочки с подсохшими краями белела повязка.

— Заживет, конечно! — немного наигранным, но весьма убедительным тоном сказал он. — Ерунда! Хорошо еще, что навылет. Скоро гопак отплясывать будешь. Петрович тебя живо на ноги поставит!

Тайсон слабо улыбнулся, не открывая глаз, и вяло махнул рукой.

Командир группы по прозвищу Ухтыблин, слышавший этот диалог, покачал головой. В группе двое раненых, один серьезно, и его приходится нести, а другой легко. Но эта легкость ранения хороша только для госпиталя, где пациент из-за своей медлительности может разве что опоздать в туалет, а в полевых условиях любое ранение превращает бойца в обузу для группы, отрывающейся от преследования.

Спецназовцы вытащили фляжки и повалились в траву, подложив рюкзаки под ноги. Ноги надо было беречь. Каждый знал, что сейчас его жизнь будет продолжаться ровно столько, сколько выдержат конечности. Никто ничего не говорил, в тишине, нарушаемой только щебетом птиц, слышалось тяжелое дыхание и звуки, издаваемые обычно, когда полоскаешь горло.

— Дайте и этому попить, — кивнул командир взвода в сторону, указывая на человека, рядом с которым застыли две молчаливые фигуры.

Мужчина сидел на траве, согнувшись и неловко положив скованные наручниками руки перед собой. С первого взгляда было понятно, что он не европеец, и вообще даже не россиянин. Полные губы, чуть выкаченные глаза с черными зрачками и темноватая кожа делали его похожим на араба, каковым, он, собственно, и являлся.

Абу-Мурат, специалист подрывного дела, был захвачен в глубоком тылу сепаратистов, где он готовил очередную группу для терактов на территории России. Внезапный рывок группы спецназа застал охрану тренировочного лагеря врасплох. В четыре утра, когда только встает солнце, освещая мокрые, в облаках, хребты сереньким светом, спецназ произвел огневой налет на охрану лагеря, моментально подавив суматошную стрельбу одинокого пулемета. Темные фигуры скользнули к палаткам, где спали курсанты. Шипящие щелчки бесшумных винтовок и хрипы, вскрики людей, которых убивают прямо в постели, произвели впечатление на Абу-Мурата. Кто так громко кричал во второй палатке? Саид? Наверное... он так любил петь... мир праху его... Самого Абу-Мурата поймали возле туалета, за которым росли густые заросли крапивы. Единственное, что успокаивало совесть араба, — он успел два раза выстрелить. То, что не попал в своих врагов, можно было объяснить только тем, что им помогает сам иблис. Два раза Абу-Мурат нажимал на спуск, целясь прямо в темную, казавшуюся огромной из-за костюма «лешего» фигуру, но оба раза «леший» непостижимым образом угадывал время выстрела и направление полета пули и уклонялся от пули, словно боксер от нокаутирующего удара. А потом Абу-Мурата сильно и точно ударили прямо по половым органам. Он согнулся до самой земли, забыв и о лагере, и о Саиде, моля только об одном — чтобы как можно быстрее прошла боль. Боль прошла, и Абу-Мурат очнулся, но уже с наручниками на руках. А когда он не захотел идти в лес с появившимися из рассвета непонятными фигурами, ему подняли руки за голову, пинком по голени раздвинули ноги, и «леший» снова приготовился его ударить в самое нежное мужское место. Здесь Абу-Мурат все понял. Детей у него еще не было, но после повторного жестокого удара в пах он может смело искать адрес приюта для брошенных малышей. Если останется в живых, конечно. А Абу-Мурат хотел жить. А кто не хочет? Так он оказался здесь, перед скалами, перед хребтом, за которым начинается контроль федералов над территориями и куда в течение двух часов могут достать их «вертушки». Карту Абу-Мурат знал по памяти.

Дозорные поднялись по щебенке и нашли удобный выступ, нависающий над поляной. Внизу, в густой траве, прямо под ними, отдыхала группа. Солнце уже миновало зенит и слегка сместилось к западу. Горячие лучи ощутимо давили на спины и затылки спецназовцев, вызывая чрезмерное потовыделение.

Тюлень, ширококостный рыжеватый парень, осмотрел раскинувшуюся перед ним местность и удовлетворенно кивнул головой:

— Здесь побудем.

Он присел на нагретый камень, положил автомат на колени и потянулся за фляжкой. С наслаждением сделал крупный глоток, затем, поймав осуждающий взгляд напарника, скривился, набрал полный рот воды, сразу же став похожим на огромного хомяка, спешащего в нору со своей добычей за щеками, запрокинул голову и принялся полоскать горло. Его товарищ осторожно, оберегая раненую руку, опустился рядом. Это был сухощавый боец с настороженным взглядом и плотно сжатыми губами.

— Вода теплая, зараза!

— До ближайшего холодильника километров сто отсюда, — отозвался Резкий, держа фляжку здоровой рукой. — А все-таки красиво, да?

И он, и Тюлень, поглощая воду, не спускали внимательного взгляда с пологих хребтов, уходящих к востоку. К северу от них, над чертой, проведенной перистыми облаками, возносилась к небу громада Главного Кавказского хребта. Среди густой зелени холмов были видны розоватыми и белыми пятнами отцветающие боярышник, яблоня и алыча. Казалось, что мягкая дымка, лежащая над дальними предгорьями, вызвана отраженным светом этих листьев.

— Смотри, рюрик! — Резкий, запрокинув голову для очередного полоскания, нашел взглядом птицу.

— Кто, что? — чуть не подавился Тюлень. — Какой еще Рюрик? Царь, что ли? Ты о чем сейчас, Резкий?

— Сокол на древнеславянском — это рюрик.

— А! — сразу же успокоился его напарник и поболтал зажатой в руке фляжкой. — Так бы сразу и сказал... а то напугал меня. Я подумал, что у тебя уже «глюки» от промедола начались. — Тюлень знал, что Резкий увлекается историей, поэтому слова товарища его совсем не удивили. — Ну и что, — добавил он, со вздохом убирая фляжку, — кого здесь только нет. А может, и орел.

— Это сокол, — повторил Резкий, мотнув головой и провожая взглядом черную точку в небе над хребтом. — Орлы селятся дальше, там, в горах.

— Хорошо, хоть не ворона, — проворчал Тюлень. — Дурная это примета, когда ворон начинает кружить над спецназом. — Его лицо внезапно омрачилось, и он невольно бросил взгляд на раненую руку товарища: — Как, кстати, твоя рука?

Резкий осторожно подвигал плечом и поморщился:

— Плохо, Тюлень. Кровь уже не идет, но рука немеет. Я ее совсем не чувствую.

— Может, туго забинтовали? А давай-ка, я промедольчик еще уколю? — вдруг засуетился Тюлень и дернул клапан кармашка на разгрузке. — Сразу же и полегчает!

Несмотря на усталость, Резкий сразу же уловил в его голосе растерянность и страх.

— Не надо, — остановил он друга. — От промедола голова кружится и силы уходят. А мне еще полдня продержаться надо.

Тюлень внимательно посмотрел на него. Резкий знал, что означает этот взгляд. Тюлень навскидку пытался определить, насколько хватит у него сил. Хорошо, если дойдет, не свалится. Ну, а если нет, то Резкого донесут. Темп, правда, снизится, но ненамного. Одного уже тащат на носилках. Еще одни носилки роли не сыграют. Всего-то делов — перевалить через хребет и выйти по реке к низовьям. Туда, к заброшенному домику лесорубов, и подскочит «вертушка».

Придя к такому логическому заключению, Тюлень несколько повеселел и усмехнулся. Резкий без труда прочитал на его лице всю нехитрую цепочку рассуждений, отвел глаза и выругался про себя. Его мучило нехорошее предчувствие. Во всякие приметы и суеверия он не верил, но почему-то был твердо уверен в том, что неприятности еще впереди.

— Смотри! — вдруг севшим голосом прохрипел Тюлень. — Ты видишь?! — Он вскинул руку и впился взглядом в склон хребта, обращенного к ним.

Резкий видел. Ослепительный мгновенный всполох, яркая точка света среди зелени на верхушке горы, там, где густая гряда деревьев подпирает небо.

— Это... это что было, а? — зашептал Тюлень. — Ты видел, Виталик?

— Ну, вот и все. Догнали, — устало произнес Резкий, нащупывая ствол автомата, переброшенного через плечо. — Вот этого я и опасался. Я знал, что все так просто не закончится. Мы ведь тащились как черепахи.

— Чего не закончится?! — оглянулся на него Тюлень. — Опять ты со своими загадками?!

— Саня, ты ведь уже и сам понял. Это отблеск или от бинокля, или от прицела. Кто-то лоханулся, не учел, что солнце светит прямо им в глаза. Это погоня, Тюлень. Иди, скажи командиру.

Никто из бойцов не закряхтел, поднимаясь, никто не сказал ни слова. Молчаливые парни встали, отряхнулись и выстроились в походном порядке.

— Носилки вперед, — распорядился плотный человек (движение группы всегда определяется по самому медленному бойцу), посмотрел на часы, покачал головой и занял свое место в середине группы, как и полагается по боевому уставу спецназа.

Извилистой пятнистой змейкой, порой совершенно сливающейся со скалами, бойцы медленно потянулись в гору по едва заметной каменистой тропинке.

Прапорщик был единственным, кто не оглядывался назад. Он мучительно размышлял.

До места прилета вертолета надо было идти около шести километров. Но это только по прямой. В предгорьях это расстояние можно смело увеличивать в три раза из-за постоянно сменяющихся подъемов и спусков. И раненые... они-то и задерживают группу. Будь взвод налегке, Ухтыблин еще посмотрел бы, кто первым придет к финишу. Его ребята натренированы, в группу отобраны самые лучшие, парни бегом пробежали бы эту дистанцию, задерживаясь разве что для установки всяких разных неприятных сюрпризов, чтобы их преследователям не стала в тягость обыденность погони. Через четыре, максимум через пять часов сядет солнце, а ночью преследование невозможно, погоне как бы самой не заблудиться в густом кавказском лесу.

Все было бы хорошо... но этот идиот-пулеметчик сумел все-таки каким-то чудом подбить двоих его парней. Как?! Прапорщик был готов прозакладывать свою месячную зарплату на то, что часовой не мог увидеть его бойцов. Не мог! Почувствовал, что ли? Или это была просто контрольная, прочесывающая местность очередь? Вполне может быть. Но сейчас это было уже неважно.

Ухтыблин сплюнул и поправил ремень автомата.

Теперь дальше... вполне вероятно, что преследователи перевалят через водораздел и будут идти за группой, насколько это возможно. Их интересует пленный, который бодро шагает неподалеку от прапорщика. На плохом английском ему уже объяснили, что он будет жить только до начала боя, если спецназ все-таки догонят. Араб оказался профессионалом и даже не пытался использовать какие-либо приемчики, чтобы задержать движение. Он понимал, что его попытаются освободить, ну, а если эта попытка не удастся, то неважно, с чьей пулей в голове он будет молчать. Значит, единственный разумный выход для него — это не отстать от спецназа и попытаться оставить между собой и его вчерашними «коллегами» как можно большее расстояние.

Так, с арабом все ясно. Пока ясно. Теперь ребята. Резкий и Тайсон... они здорово задерживают движение, с ними далеко не уйдешь. Ухтыблин выругался и остановился. Шедший за ним спецназовец недоуменно покосился на его широкую спину и тоже остановился, чтобы перевести дыхание. Прапорщик опомнился, дернул головой и двинулся дальше. Он был уверен в том, что с таким темпом группу настигнут уже на следующем холме, слишком медленно они идут. Придется оставлять заслон. Придется, ничего не поделаешь... только кого?

Ухтыблин поднял голову и привычно осмотрел неровный строй шедших в гору бойцов.

— Подтянуться! — захрипел он. — Подтянуться! На верху занимаем оборону! Передать по цепочке!

На гребне водораздела ветер дул сильнее. Он врывался в откинутые капюшоны «горок», шевелил майки в распахнутых воротах курток и трепал рукава. Группа уже вся поднялась на перевал, и Ухтыблин, стоя на выступе, нависающем над единственной тропкой, ведущей на вершину, привычно прикидывал диспозицию обороны.

Он повернулся спиной к солнцу и принялся осматриваться. В общем-то, место было идеальное. Кустарник заканчивался далеко внизу, метрах в двухстах, и все пространство от кустарника до вершины покрывала каменная осыпь с вкрапленными в нее небольшими обкатанными булыжниками. Любой, кто появится на границе низкого леса и осыпи, окажется как на ладони, и спрятаться ему будет негде, и быстрым рывком в гору эту осыпь не преодолеть... сил не хватит... пулеметчик и снайпер смогут здесь полк до ночи удерживать. Действительно хорошее место. Тропа одна, и обойти обороняющийся спецназ попросту невозможно. За день невозможно, мысленно поправил себя прапорщик, а там посмотрим. Главное, выиграть время. И тщательно проинструктировать тех, кто останется. Хотя какой там инструктаж? Максимально задержать преследователей, а потом увести их в сторону, отвлечь. Все равно ребят преследовать долго не будут, стемнеет. Значит, им надо продержаться всего ничего, а потом подойти к месту встречи.

Ну, хорошо, вздохнул Ухтыблин, но кого же оставить? Он не стал дальше думать, сразу же подавил в себе симпатии к одним бойцам и тщательно скрываемое недовольство другими.

В спецназе нет ангелов. Сама служба выковывает сильные характеры, умение идти до конца и добиваться выполнения поставленной задачи. Люди уверены в себе, а при такой уверенности, помноженной на опыт, неизбежно возникает здоровый эгоизм. Не оставит же он здесь, например, Ваську Непоседу только лишь за то, что тот вечно опаздывает из увольнений. Как говорит сам Васька, это допустимая дипломатическая пауза. Дипломат хренов! Непоседа всегда появлялся на пятнадцать минут позже указанного в увольнительной записке срока. Один раз прапорщик поймал его за воротами КПП, когда тот сидел в кустах и поглядывал на часы, чтобы явиться в расположение в им самим установленное время. Конечно, Непоседа сразу же получил наряд вне очереди, но своего мнения о своей дурной привычке не изменил, как, впрочем, и сам прапорщик. Что же, оставить его здесь в заслоне, словно в наказание? Ухтыблин вздохнул, это ведь не наряд по кухне.

Тогда кого?

Сержанта Бугаева, который в последнее время совершенно разленился, распустил дисциплину в отделении и панибратствует со старослужащими? За это выговор дают, а не бросают под пули.

«Я оставлю тех, кто должен остаться, — решил прапорщик. — Пулеметчика и снайпера. Идеальная пара для прикрытия отхода. И это будет правильно и честно. Значит, Кузя и Шварц... Один отлично стреляет, а второй, в случае надобности донесет до нужного места и пулемет, и своего товарища. Вот и ладушки».

Он поискал взглядом рослую фигуру Шварца. Тот как раз аккуратно поднял тяжеленный валун, пронес его несколько метров и опустил перед собой, привалив к другим камням.

«Неплохое пулеметное гнездо, — машинально отметил Ухтыблин, приподнялся на носках, с трудом вытянул накачанную короткую шею, осмотрел весь склон и вновь прикинул сектор обстрела. — Да, все правильно. Простреливает весь фронт, а самого еле заметно. Так, а где запасная позиция? — встревожился он. — Запасная позиция крайне важна для долговременной обороны. Это только в кино пулеметчик часами ведет огонь с одной точки. В реальном бою по нему уже через полминуты начинает стрелять снайпер».

Оглядываясь по сторонам, он заметил несколько дальше, за скальным уступом, зеленый короб с заправленной в него пулеметной лентой. Сразу успокоился, приказал Шварцу позвать Кузю и стал ждать.

Через полминуты к нему подошли два бойца.

— Здесь такое дело, — кашлянул командир взвода. — В общем... это... парни вы у меня надежные и стрелки отменные. Надо ребят выручать... остаться вам надо, — и внимательно всмотрелся в лица бойцов.

— Понятно, — кивнул после паузы Кузя.

— Останемся, о чем речь, командир! — прогудел Шварц и хлопнул Кузю по плечу: — Не бойся, комар, прорвемся!

— Вот и хорошо, — кивнул прапорщик, ничем не выдавая своих эмоций. — Смотрите сюда. — Он вытащил карту и начал инструктаж.

Через пять минут Ухтыблин отпустил бойцов, спустился немного ниже по хрустящей гальке, присел на камень, зажмурил глаза от слепящего солнца и закурил.

«Сколько у нас времени? — устало прикинул он. — Полчаса? Нет, скорее всего полтора-два. Так быстро «они» в гору не поднимутся. Все не поднимутся. Пока авангард дождется остальных, пока осмотрятся на местности, пока решатся выйти на осыпь... Да, часа два у нас есть. Ну, а за это время мы уже уйдем далеко».

— Иваныч? — тихо окликнул его знакомый голос. — А, Иваныч?

Прапорщик почему-то сразу понял, о чем его будут просить. Именно просить, раз обратились именно так, по отчеству. Но он никуда не торопился. Не открывая глаз, подставив лицо солнцу, медленно сделал несколько затяжек, слушая, как пролетавший вдоль хребта ветер негромко свистит в ушах. Голос терпеливо ждал. Ухтыблин докурил, открыл глаза, поплевал на окурок, бросил его под ноги, присыпал галькой и только потом поднял голову.

Под низким деревцем с редкой листвой, которое каким-то чудом держалось корнями за каменную почву, стояли носилки. На них сидел Тайсон с вытянутой вперед раненой ногой. Боец медленно поворачивал ступню в разные стороны, словно любовался измазанным ботинком. Гримаса боли иногда искажала его лицо, и тогда спецназовец негромко ругался сквозь стиснутые зубы. За этой процедурой внимательно наблюдал стоявший рядом Резкий.

— Ты что делаешь, Авдеев?!

— Уф! — выдохнул Тайсон, вытирая пот со лба. — В стороны больно поворачивать, но на пятке стоять можно, я думаю, только шнурки потуже затянуть. Все нормально, Иваныч.

— Да? — рассеянно поинтересовался прапорщик, думая о своем. — Ну, это хорошо.

— Товарищ прапорщик, — снова проговорил Резкий, — Иваныч!

— Чего тебе, Одинцов? — сурово осведомился Ухтыблин и перевел взгляд на Тайсона: — Ты почему встал, Авдеев? Кто тебе разрешил?

— Да ладно тебе, Иваныч, — негромко проговорил Резкий. — Дело есть.

— Какое еще дело?! — возмутился прапорщик. — Совсем распоясались! А ну, позови сюда фельдшера!

Резкий шагнул вперед и неловко, оберегая раненую руку, опустился на камень рядом с командиром. Ухтыблин сдвинулся в сторону, с подозрением глядя на бойца:

— Ну, что здесь происходит?

— Давай мы останемся, Иваныч. А что? Позиция отличная, продержимся до вечера. Чего ты зря ребят ложить будешь? Да и зачем? Ты забираешь группу и уходишь, у тебя ценный информатор, рисковать нельзя. Дойдешь до места быстро и вызовешь «вертушку». А мы пока здесь повоюем. Все равно с нами далеко не уйдешь. Ну, как тебе моя стратегическая мысль, а?

— А не пошел бы ты вместе со своей (здесь прапорщик принялся употреблять нецензурные, но вполне понятные бойцам выражения)... мыслью! Здесь командую я, и вы будете выполнять мои приказания!

— Ерунда сейчас это все, Иваныч, — вздохнул Резкий, — оставаться надо нам. Мне и Тайсону. И чем быстрее ты уйдешь, тем быстрее вызовешь вертолет, и тем больше у нас шансов спастись! Неужели ты этого не понимаешь? Так уж получилось, Иваныч, — негромко проговорил он, отрешенно глядя на зеленеющие холмы. — Да и нам оставаться не хочется, хочется в госпиталь, на уколы к симпатичной сестричке ходить. Но это немного попозже.

Прапорщик внимательно посмотрел на него и все понял. Эти двое все решили. И они уже готовы, уже считают оставшиеся патроны, уже прикидывают, насколько хватит у них сил. Оставалось только принять формальное решение. Как ни крути, а Резкий был прав.

Лицо командира группы потеряло свою твердость. Он посмотрел на Резкого, затем на Тайсона (тот кивнул ему и улыбнулся) и снова опустил голову в мучительном раздумье.

— Ну же, Иваныч, — слегка подтолкнул его локтем Резкий. — Командуй, братишка.

— Ух ты, блин, да что же вы со мной-то делаете, а, ребята? — пробормотал прапорщик. Он глубоко вздохнул, шумно выдохнул, хлопнул ладонями по коленям и, поднявшись, уже прежним командирским тоном произнес: — Если вы

нас не дождетесь, то каждому по возвращении
два... нет, три наряда в карауле! И без увольнений! И без девочек! И без пива! Я вас научу Родину любить, раскудрит ваше коромысло!

— Три — многовато будет, — рассудительно
сказал Тайсон и поднялся, придерживаясь рукой
за ствол дерева. — Это вы уже слишком, товарищ прапорщик.

— Молчать! — зашипел Ухтыблин. — Выполнять! Дождаться «вертушки» живыми! Да
я вас...

— Гранат бы нам побольше, — озабоченно
проговорил Резкий и тоже встал на ноги. —
И пулемет. Ты уж не обессудь, Иваныч.

Прапорщик кивнул, неожиданно обнял Резкого, на секунду прижал его к себе, оттолкнул,
шагнул к Тайсону, потрепал того по голове и
ушел наверх, к своим бойцам.

— Ну, вот и все, Юрчик, — кивнул Резкий,
провожая взглядом широкую спину командира. — Повоюем мы с тобой на пару.

— Три солдата из стройбата заменяют экска-
ватор, — закряхтел Тайсон, выпрямляясь и осторожно ставя поврежденную ногу на землю. Он
сцепил зубы и удержал рвущийся с губ стон.

— Ну, что?

— Стометровку я сейчас не пробегу, это точно. Но до запасной позиции доковыляю.

— Тогда давай за пулемет.

— А один солдат ВВ заменяет их втройне, —
продолжил Тайсон. — Значит, нас уже шесть

человек. Или девять, Резкий? У меня с математикой со школы еще неполадки были.

— Нас тут вполне хватает, — усмехнулся Резкий. — Пойдем позиции посмотрим. Руку давай, помогу.

— Смотри не упади, — предупредил его Тайсон, — я тяжелый. Вот смеху будет, если мы здесь начнем ползать по щебенке. Тогда Ухтыблин точно передумает. Скажет — вам, вояки хреновы, место не в бою, а в госпитале.

— Давай, давай, — подставил ему здоровое плечо Резкий. — Только не очень наваливайся.

Тайсон протянул руку и несколько раз придавил плечо товарища, пробуя его на устойчивость. Тот качнулся и поморщился.

— Инвалидная команда, — проворчал Тайсон. — Лучше я тебя за ремень возьму, а то еще свалишься к чертовой матери.

Вдвоем они прошли несколько метров вверх и остановились за позицией пулеметчика.

Шварц, услышав шаги за спиной, оглянулся и поднялся, отряхивая ладонями штаны.

— Вот, вроде бы все приготовил. Вы это, ребята... кто за пулеметом будет?

— Тайсон, конечно, — ответил Одинцов. — Сегодня он будет тренировать челночный бег. От одной позиции к другой.

— Все шутишь, — пробормотал пулеметчик, глядя в сторону. — Тайсон... я прицел на двести метров выставил, ты на постоянный его не ставь, он выше тогда берет. Потом, если ближе подойдут, прицел переставишь на сотню.

— Разберемся, — кивнул Тайсон, опускаясь на живот. — Молодец, Шварц, хорошую позицию выбрал.

Огромный парень топтался рядом, не решаясь уйти.

— Да не стой ты над душой, Костя, — негромко попросил Резкий. — Иди уже. Времени вам терять нельзя. Ухтыблин группу строит.

— Ну... тогда пока, что ли?

— Пока, пока, Константин, — отмахнулся Тайсон. — Гранаты оставь, если есть.

Шварц вытащил из специального кармашка на разгрузке пару «лимонок», осторожно положил их рядом с Тайсоном и пробормотал:

— Ну, вы это... держитесь здесь.

Он потоптался еще некоторое время, потом сжал кулак, потряс им и скрылся за каменным обломком.

Резкий проводил его взглядом и вздохнул:

— Переживает наш Костик.

— Еще бы, кто его теперь на гитаре будет учить играть. Закончились уроки. На некоторое время... — Тайсон лежал на боку, вкручивая запалы в гранаты.

— У меня здесь берет, — смущенно сказал Резкий, вытаскивая из-за пазухи пластиковый пакет.

— Зачем ты его с собой взял? — хмыкнул Тайсон. — Мы ведь на парад собирались.

— Не знаю. Я его всегда с собой беру. Как талисман.

— Ухтыблин узнает, накажет.

— Слышь, Юра, — Резкий покачал пакет в руке, — если со мной что-нибудь случится, ты тогда берет забери.

— Заберу, не беспокойся, — серьезно пообещал Тайсон. — А сейчас хватит лирики, надо о делах подумать. Гранаты сможешь кидать?

— Да. Только левой рукой. Но сейчас это неважно, вниз же бросать будем.

— Это точно. — Тайсон перевернулся на живот и аккуратно разложил «лимонки» справа от себя. — Как ты думаешь, еще увидим ребят?

— Вряд ли, Юра, — покачал головой Резкий, хлопнул товарища по плечу и поднялся. — Я пойду вон за тот камешек, правый фланг прикрою.

Через сорок пять минут, когда группа уже поднималась на крутой гребень, весь заросший буковым лесом, на перевале раздалась первая очередь. В теплом воздухе она была хорошо слышна. Ухтыблин бросил взгляд на часы и покачал головой. Что-то быстро. Быстро «они» начали. По его расчетам, у парней в запасе было еще около часа. Но, видимо, торопились и их преследователи. Значит, бросились вперед без подготовки. Ну, что ж, получат свое.

По мере того как группа уходила от водораздела все дальше и дальше, стрельба становилась все тише. Прапорщик нещадно взвинтил темп, и спецназовцы буквально хрипели, чуть ли не бегом преодолевая распадки и подъемы, перепрыгивая через еле заметные ручейки в низинках и с хрустом проносясь по закиданному сухими ветками подлеску. Пленного уже тащили под руки. Пот катился градом по заросшим небритым лицам, и бойцы машинально смахивали его рукавом «горки», сделанной из грубого брезента. Некоторые уже расцарапали себе лбы и щеки, но на такую мелочь никто не обращал внимания.

Пулемет гремел вперемешку с автоматными очередями. Ухтыблин с тоской в душе ждал взрывов гранат. Это бы означало, что его ребята приняли ближний бой. И когда до его ушей донесся первый, практически заглушенный ветром и расстоянием хлопок разорванного воздуха, прапорщик увидел, как невольно замедлился шаг его людей. Тайсон и Резкий имели среди них немало хороших друзей и пользовались вполне заслуженным уважением. Уже не сдерживаясь, он хрипло обложил матом идущего впереди бойца и приказал ускорить движение.

Глава 1

У детей и спецназовцев есть одна общая черта. Или особенность. Для времяпрепровождения тех и других руководство всегда старается выбрать самые живописные места. Чтобы рядом с ними обязательно находилась речка или озеро и чтобы был лес. Эти два условия всегда учитываются при расположении базы спецназа или пионерского лагеря. На этом сходство между подрастающим поколением и внутренними войсками заканчивается. Для одних речка — это место, где можно купаться и играть, для других — водная преграда. Для детей лес — место для прогулок, а для спецназа — это полигон для отработки всевозможных учебных задач.

Время диктует свои правила, и в условиях суровой рыночной экономики пионерский лагерь, построенный рядом с одним из городков на Кавминводах, «приказал долго жить». Но пустовал он недолго. Дети уехали, а вместо них в дощатые домики вселились не менее веселые и шумные взрослые. Бывший пионерский лагерь оснастили по периметру скрытыми датчиками движения и расставили караулы. Заменили кровати, столы и стулья. Летние душевые кабинки убрали, и вместо них построили баню. А над домиком директора лагеря поднялись российский флаг и длинная тонкая антенна.

Солнечным февральским утром молодой рослый парень в куртке и черной вязаной шапочке, пройдя пару километров от города по заброшенной снегом гравийной дороге, ведущей через лес, остановился перед железными воротами бывшего пионерского лагеря. Слева от ворот стояла будка контрольно-пропускного пункта с прибитой над дверью табличкой, которая извещала о том, что эту территорию занимает подразделение Внутренних войск Российской Федерации. Перед будкой находилась расчищенная от снега травяная площадка, служившая стоянкой для машин, от которой вела тропинка к деревянному крыльцу КПП. Кроме этой тропинки и колеи, уходящей от ворот, снежное покрывало нигде не было тронуто ни лопатой, ни следом.

Прохожий поправил воротник куртки, снял перчатку с руки и нашарил в кармане холодный леденец. Забросив в рот сладкую конфету, с тоской подумал о сигарете, но тут же привычным усилием воли подавил это желание. Там, где он собрался провести ближайшие три года, не особо привечали людей, увлекающихся никотином.

«Странно, — подумал парень, перекатывая на языке леденец и морщась от густой сладости во рту, — и куда только старшина смотрит? Снег вдоль забора не убран. Неужели никому нет до этого дела? Непорядок же! Хотя, наверное, снег не убирают, чтобы можно было заметить следы. Все-таки военный объект. Мало ли кто может в лесу шататься... Дурак ты, Серега, зря на старшину грешил».

Он сплюнул густую вязкую слюну, глубоко вдохнул и решительно направился по тропинке к деревянному крыльцу без перил.

— На вечернюю поверку становись!

Голос старшины разнесся по всему кубрику. Бойцы, разговаривая на ходу, потянулись в длинный проход между кроватями. Сергей встал с табуретки, одернул куртку и поправил ремень, ища взглядом своего сержанта. Тот оглянулся, привычно прикинул его рост и сказал стоящему рядом с ним усатому парню:

— Подвинься, Безуглов. Новичок повыше тебя будет.

Безуглов удивленно и неприязненно посмотрел на Сергея, но спорить не стал. Он служил уже пятый год и знал, что место в строю определяется ростом, а не выслугой лет. Исключение составлял только командный состав.

Сергей занял место рядом с сержантом, выпрямился, присмотрелся и выровнял носки своих начищенных новеньких «берцев», которые он недавно получил на складе, с такими же сияющими «берцами» командира отделения.

— Слышь, Витек, а кто сегодня на «отбое» будет? — вполголоса поинтересовался Безуглов у сержанта, чуть наклонившись вперед.

— Не знаю, — рассеянно отозвался сержант

по кличке Бугай и передернул плечами. — Я слышал, что сам замкомандира по боевой. А что?

— Да ничего, — недовольно пробормотал Безуглов. — Хотел после отбоя выйти на КПП, ребята знакомые должны подъехать.

— Слышь, Безухий... Пьер который... я тебе выйду! Хочешь полночи не спать, как в прошлый раз? Если зам заметит, — а он заметит, сам знаешь, — тогда точно за ночь раз пять отработаем план «Кольцо»!

— Да он нормальный мужик! Уважает старослужащих. Я с ним договорюсь, Витя.

— Ты со мной сначала договорись! — зашипел Бугай. — Никаких выходов за пределы КПП! Ты понял меня?!

Безуглов что-то проворчал себе под нос и замолчал.

Сергей усмехнулся. После первого дня своего пребывания в отряде он уже вполне разобрался в укладе жизни специального подразделения.

Хоть все здесь и были контрактниками, то есть профессиональными военными, и имели право после шести часов вечера отправиться к себе домой, не все удостаивались такой чести. Бригада, в которую входил отряд, числилась военной частью постоянной боевой готовности, и командир отряда имел право отпустить отдыхать не более двадцати процентов личного состава.

Он задумался, прикидывая, когда же дойдет его очередь, как новичка, до первого увольнения, и не заметил, как перед строем появился офицер в камуфляже и с краповым беретом на бритой голове.

— Сержант Авдеев! — донесся до него голос лейтенанта, проводившего вечернюю поверку.

— Погиб смертью храбрых при выполнении боевого задания! — ответил кто-то из строя.

Сергей вздохнул. Только недавно он отслужил «срочку», аж целый год. Помнил, как рвался домой, как скучал по «гражданке» и как потом хотел вернуться к своим товарищам. Дома с родителями ему хватило и недели, чтобы начать маяться от безделья. Всех друзей он уже повидал, они, конечно, были ему рады, но время неумолимо. Кто-то уехал учиться в другой город, кто-то работал. Прежних дней, наполненных бездумным времяпрепровождением и развлечениями, уже было не вернуть. Поэтому он не особо и возражал, когда отец за ужином сказал ему:

— Ну что, боец, пора определяться. Куда думаешь пойти?

— Не знаю, па... — пожал плечами Сергей. — На работу? На какую? Юристом? С моим техникумом? Кто меня возьмет, кому я нужен?

— А со спортом как? Ты вроде ходил в свою секцию?

— Па, мне двадцать два года. Я всего лишь кандидат... так, заходил, для поддержания формы.

Отец задумчиво хмыкнул и внимательно посмотрел на сына. Он понял, что тот уже принял решение, но пока не хочет говорить о нем.

Сергей действительно не говорил родителям, что подал заявление в спецназ, до тех пор, пока его документы не прошли проверку и теперь оформлялись в строевом отделе. Бледная мать сразу же ушла в свою комнату, туда же торопливо прошел отец, и в квартире вскоре запахло валерьянкой. Сергей сидел на кухне, мрачно уставясь в окно. Своего решения он менять не будет. Маму, правда, жалко, ее он вполне понимал...

— Сержант Одинцов!

— Я! — машинально отозвался Сергей.

И только по мгновенно установившейся тишине понял, что сказал, и опустил голову.

Заместитель командира взвода, который должен был выкрикнуть «Погиб смертью храбрых!», поперхнулся и закашлялся.

Весь строй повернулся на его голос. Бойцы вытягивали шеи и крутили головами, пытаясь разглядеть неопытного новичка, который уже, сам того не осознавая, стал легендой второго взвода. Но никто не засмеялся.

В полной тишине, в которой слышался только равномерный скрип его кожаных ботинок, майор, сопровождаемый всеобщими взглядами, неторопливо направился вдоль строя к месту, где стоял Сергей. «Краповик» верно рассчитал дистанцию и остановился прямо перед новичком.

— Новенький, значит, — кивнул он и вздохнул. — Что ж ты, парень, так торопишься? Не на свою фамилию отозвался... непорядок.

— Это моя фамилия, товарищ майор.

— Да? — несколько удивленно проговорил офицер и внимательно всмотрелся в новичка. — Однофамилец, значит... теперь понятно.

«Однофамилец, — облегченно вздохнул строй и зашептался: — Бывает же так... задумался пацан».

— Я не однофамилец, — чувствуя, что сейчас у него сорвется голос, произнес Сергей, — я его брат.

— Ух ты, блин! — пробормотал майор. — Одинцов, значит? А ведь похож... похож! Что ж ты сразу-то?

Сергей пожал плечами. Говорить он уже не мог.

— После поверки зайдешь ко мне, — произнес заместитель командира отряда и, отвернувшись от Сергея, молча пошел к себе в кабинет.

Через несколько секунд ошарашенный лейтенант справился со своими нервами и начал перекличку заново.

Спецназ как спецназ. Сергей знал, куда шел. Тайком от брата, когда тот приезжал в отпуск, он примерял краповый берет на свою маленькую головенку, и, чтобы придать себе более мужественный вид, сердито хмурил брови перед зеркалом. Он мечтал о настоящем, а не игрушечном автомате, и все приставал к Виталику, чтобы тот рассказал, сколько врагов застрелил. Виталик смеялся и называл его «грозой террористов».

— Виталь, а Виталь, — прицепился он к брату в очередной раз, когда тот, откинувшись в кресле, смотрел какой-то классный, по мнению Сережки, боевик по «видаку». — А что самое главное в спецназе? Пулемет или снайперская винтовка? Или вот такие гранаты, — ткнул Сергей пальцем в экран.

— Эх, братан... самое главное в спецназе — это хорошая погода, — улыбнулся Виталий.

Сергей тогда здорово обиделся на него, но эти слова почему-то запомнил.

Хорошая погода... Спецназу не бывает холодно, спецназу бывает свежо. Утренняя обязательная пробежка в любое время года, турники, брусья, штурмовая полоса, полоса препятствий, стрельбы, «рукопашка», занятия по тактико-специальной подготовке... Дни летели незаметно, оставляя после себя только здоровую усталость в до предела загруженных мышцах. Натертые мозоли на ладонях Сергея лопнули в конце первой недели, превратившись через месяц в твердую, со слезающей после бани кожей, череду выпуклых бугорков. Лицо обветрилось и потемнело от ветра и отраженных от снега солнечных лучей.

«Старики» с новичком держались достаточно ровно и приветливо, хотя никто из них, кроме Ухтыблина и бессменного старшины отряда, не помнил его брата, погибшего двенадцать лет назад. Вообще «дедовщины» в отряде не было ни в каком виде, разве что более младший по возрасту в знак уважения заварит «дедушке» душистый чай после изнуряющего «физо», да и выпьет его вместе с ним.

Практически у всех бойцов были клички, отражающие особенности их характера, привычек, телосложения или прежнего рода занятий. Прозвище было необходимо, так как на боевой операции или при переговорах по рации командир не имел права озвучивать фамилии своих бойцов.

К Сергею обращались просто по фамилии, никак не выделяя его среди общей массы. Достойное «погоняло», как однажды выразился сержант, еще надо было заслужить.

В начале весны Ухтыблин на утреннем разводе скучным голосом объявил о том, что их отряду выпала большая честь. Так как 43-й отряд по итогам полугодовой проверки был признан лучшим по Южному федеральному округу, то необходимо сформировать отделение в количестве десяти-двенадцати человек и отправить это самое отделение, составленное, конечно, из самых лучших, достойных бойцов, на войсковые соревнования спецназа. «Я не сомневаюсь, — добавил майор, обводя строй внимательным взглядом, — что за место в этом отделении пойдет свирепая борьба, поскольку каждый... я повторяю, каждый!.. боец отряда достоин этой почетной миссии». Поедут, конечно же, только «краповые береты», тихонько вздохнул Сергей. Попасть на соревнования, да еще такого уровня, было бы почетно, но он вполне справедливо считал себя еще неготовым, чтобы представлять славный 43-й отряд на состязаниях в Софрино, где располагался Всероссийский центр подготовки спецназа.

— Командирам взводов прикинуть кандидатуры, после обеда со списком ко мне, — распорядился Ухтыблин и подмигнул «краповику», стоявшему в строю прямо перед ним. — Бугаев, «рукопашку» выиграешь, присвою высокое звание прапорщика. Намек понятен?

— Так точно, — задумчиво ответил Бугай и передернул плечами.

Совещание у майора затянулось до вечера. Бойцы, проходившие мимо его кабинета, невольно замедляли шаг, прислушиваясь к долетающим из-за плотно закрытой двери голосам:

— Да мой Савелов спичечную коробку за пятьдесят метров из СВД ложит!

— Кладет.

— Да какая разница!

— Да при чем тут твоя коробка?! Там кучность нужна! Кучность! Из десяти выстрелов все десять положить в ростовую на шестьсот метров! Там зрение необходимо и нервы. А разброс из «снайперки» — три сантиметра на сто метров! Так что это случайность была с твоим Савеловым!

— Как это — случайность? Случайность?! Ты вчера на занятиях по «рукопашке» был?

— Да при чем тут «рукопашка» и стрельба?!

— Вот слушай! Бойцы отрабатывали бой на саперных лопатках. Потом стали бросать их в мишень. А тут по своим делам проходил Василич.

— Продслужба, этот?

— Ну да! Ну, ему скучно стало... он как раз только комиссию проводил, они у него столовую проверяли, ну, и на прощание отметили удачную проверку. Он к ребятам подходит и говорит: «Эх, сынки, ничего вы не умеете. Смотрите, как надо!» Берет лопатку и метров с тридцати просто бросает ее по направлению к мишени, разворачивается и уходит. Мужик-то он здоровый и плотный, всю жизнь в тылу... даже не посмотрел, как он мне потом рассказывал, попал или нет. Ясное дело, не попал. Но вот какая-то странная тишина у него за спиной наступила. Оборачивается — лопатка в центре мишени, как и положено, да еще с такого расстояния. У моих молодых пацанов глаза на лоб полезли. Если уж начальник столовой так лопатки метает, то как тогда обращаются с ними «краповые береты»?

— Вот это случайность была! — потонул в хохоте выкрик рассказчика. — А Савелов лучше стреляет, чем прапорщик лопатки кидает!

— А Бугаев тоже ничего... вчера видел я его на спаррингах. Или, может, Зверя из первой группы выставить?

— Какой еще Зверь? Да вы что? Он же курит!

За дверью опять засмеялись:

— Мы не на педсовете в школе, товарищ лейтенант.

— Да я не об этом, там же выносливость необходима. Три раунда подраться — это какие легкие иметь надо!

— Товарищи офицеры, давайте по порядку, а то мы так до утра просидим!

На вечерней поверке Ухтыблин зачитал состав группы. Он внимательно вглядывался в исчерканный листок и два раза поправлялся, называя не те фамилии. Наконец закончил, аккуратно свернул ценный документ и сунул его в нагрудный карман.

— Все названные бойцы освобождаются от всех видов службы и усиленно готовятся к соревнованиям. Если выиграете — молодцы. А нет — так я вам все пропущенные наряды и караулы припомню по возвращении. И увеличу вдвое. Это ведь справедливо, правильно?

В строю начали переглядываться.

— Это шутка была, — с каменным лицом произнес Ухтыблин. — Но в каждой шутке есть доля... чего, Бугаев?

— Правды, товарищ майор?

— Шутки, Бугаев... Разойдись! Командирам взводов и отделений обеспечить выполнение приказа!

В спортзале к Сергею подошел командир отделения:

— Слышь, Одинцов, а давай-ка в паре постоим. Я за тобой понаблюдал... ты ведь боксом занимался? Я видел, как ты по мешку работал. С борцами я уже повозился, теперь руками надо побить.

— Да было дело, — неохотно ответил Сергей. — Но я занимался так, для себя, я не чемпион какой-нибудь, — быстро добавил он.

Сергей уже успел заметить, как Бугай готовится к «рукопашке». Парень всерьез рассчитывал на погоны прапорщика, звание которого давало солидную прибавку к зарплате. Бугай тренировался истово, этого у него было не отнять, он не щадил себя, но при этом не жалел и других. По регламенту соревнований на бои мог выставляться только один боец из группы, а так как соревнования заканчивались «рукопашкой», этот один человек мог существенно снизить или повысить рейтинг своей команды с помощью набранных очков на самом финише.

— Да не бойся! — усмехнулся сержант и хлопнул Сергея по плечу. — Я легонько. А то уже все отказываются со мной спарринговаться, а мне ведь готовиться надо!

Сергей задумчиво покивал. Он вполне понимал тех ребят, которые после одного боя с Бугаем снимали перчатки и уходили, несмотря на все уговоры сержанта.

Бугай не умел сдерживаться. А может, и не хотел, хотя каждому перед боем говорил то же самое, что и Сергею. Начинал он спарринг действительно умеренно, делая нырки и уклоны, выбрасывая руки в легких ударах и работая на технику. Он улыбался и подбадривал своих противников:

— Давай, давай! Достань меня! Так, хорошо... Еще! Хорошо! Давай еще! Молодец!

Затем глаза Бугая наполнялись яростью, лицо краснело, он выжидал удобный момент и обрушивал на соперника шквал сильнейших ударов, стремясь закончить бой досрочно, нокаутом. В поединки Бугая несколько раз вмешивались ведущие занятие офицеры, когда замечали, что спарринг грозит закончиться избиением одной из сторон. Однако серьезных замечаний ему никто не делал, все понимали, что без здоровой спортивной злости ничего не выиграешь. Но и подставлять себя под кулаки не умеющего владеть собой сержанта никому не хотелось. С его «тактикой» познакомились практически все бойцы отряда, и охотников боксировать с Бугаем находилось все меньше и меньше.

Сержант был отлично развит физически, он жал стокилограммовую штангу шесть раз в пяти подходах и подтягивался двадцать два раза.

— Я ведь не «тяж», как ты, — рассудительно заметил Сергей, оглядывая внушительный торс Вити Бугаева. — У меня восемьдесят семь было, а сейчас еще и похудел, наверное.

— Да не бойся! — повторил сержант, поигрывая мускулами. — Я легонько.

Отказываться было нельзя, на голос Бугая уже начали поворачиваться.

— Ну, что ж, — кивнул Сергей, — давай. Сейчас только руки забинтую.

Бугай удовлетворенно улыбнулся и повернулся к лейтенанту, который вел занятие:

— Товарищ лейтенант, время засеките! Три раунда по три минуты, как обычно!

— Полегче, Бугаев! — сразу встревожился молодой офицер, но все-таки вытащил из кармана «спортивки» секундомер. — Ты мне так всех бойцов покалечишь!

— Да мы легонько, товарищ лейтенант.

— Знаю я твое «легонько», — пробормотал лейтенант и посмотрел на Сергея: — Ты как, готов? Выдержишь?

— Постараюсь.

Раунд, как обычно, начался с улыбок сержанта. Осознавая, что он сейчас находится в центре внимания (вся группа прекратила занятия и собралась вокруг ковра, на котором проходил поединок), Бугаев красовался, небрежно уходя и отмахиваясь от легких, разведочных ударов Сергея.

— Хорошо! Хорошо... Ух ты, молодец какой! — улыбнулся он после точного тычка Сергея прямо ему в лоб. — Да ты боксер, наверное!

Однако его глаза не соответствовали тону, которым он это произнес. В них мелькнула угроза, словно вспыхнула молния и тут же погасла, сержант спрятал свои эмоции для более подходящего случая.

Через десяток секунд боя Сергей понял, что Бугаев не был «чистым» боксером. Он покружил вокруг него, пробуя левой рукой защиту соперника, потом, улучив момент, провел несколько легких атак, быстро и легко выбрасывая руки, и понял, что Бугай не имеет хорошей защиты, отработанной долгими тренировками. Сержант терялся и злился, когда Сергей попадал в него.

Бугай был просто хорошим уличным драчуном. Могучее здоровье, некоторые навыки борьбы и бокса, но самое главное — неукротимый характер и желание добыть победу сделали его незаменимым кандидатом для поездок на всяческие соревнования.

«Ну, все ясно, — подумал Сергей, в очередной раз уклоном и шагом в сторону уходя с линии атаки. — Майк Тайсон, блин! Ему надо выиграть по-любому, без оглядки на последствия. Что будет со мной, его совершенно не интересует, хотя мы сейчас не на соревнованиях и рубку устраивать необязательно. Сейчас он начнет злиться. Надо не пропустить момент. Это его сильный козырь, надо признать. Атакует он очень быстро, взрывная сила у него имеется. Поэтому и попадает с первых же ударов, а потом только добивает. Что ж, все простенько и со вкусом. Придется рубиться, просто так бить себя я не дам... Вес только у него больше... ладно, рискнем».

Ухтыблин, проходя мимо спортзала, не услышал привычных звуков занимающейся группы. Обычно из-за двери доносились звон железа, натужное дыхание борцов, голоса инструктора и бойцов, но сейчас в спортзале царила непривычная тишина, словно там никого не было. Он нахмурился и посмотрел на часы. Как это так, никого не было? Ведь он лично составлял расписание занятий!

Майор потянул на себя дверь и просунул голову внутрь. Вся группа во главе с лейтенантом, вместо того чтобы тренироваться, столпилась вокруг ковра, который заменял ринг. Ухтыблин сразу же все понял. Кому там сегодня не повезло с Бугаем? Он подошел поближе, махнул рукой лейтенанту, который обернулся на звук открываемой двери, и принялся осматриваться.

А, Одинцов... неплохой парнишка. Служит хорошо, с желанием, а не «отбывает номер». И похож... как он похож на Резкого! Ухтыблин вздохнул. Отослали родителям только личные вещи, которые остались в отряде, но вот только крапового берета Резкого не смогли найти. Куда он его дел? Потерял, что ли? Нет, это невозможно. Но вроде везде искали... Интересно, когда Бугай начнет бить? Его вряд ли остановишь, ему совсем не интересно, чей Одинцов брат. Ухтыблин похвалил себя за интуицию. Как он вовремя зашел в спортзал! Когда Одинцов «поплывет» от первых ударов, а это скоро произойдет (Бугаев уже начал злиться, улыбка на его лице плохо скрывала еле сдерживаемую злость), то он тут же остановит бой. Хотя основному «рукопашнику» надо тренироваться, но почему-то майор не хотел, чтобы Бугаев тренировался на Одинцове. Почему? Как его? Да, Сергей... Так вот, Сергей ничем не хуже и не лучше других бойцов и не нуждается в жалости, если уж пошел в спецназ. Незачем жалеть. Но Ухтыблин был твердо уверен в том, что, если бы Резкий сейчас находился здесь, то Бугай вел бы себя иначе.

Бугаев тем временем чуть пригнулся и, с силой оттолкнувшись от ковра ногами, бросился вперед, выбрасывая руки в тяжелых ударах. Первый, сокрушительный удар Сергей встретил поднятым левым плечом, но удар был так силен, что его отбросило на канаты. Бугай тут же оказался рядом. В его глазах Сергей прочитал окончательный приговор, который не подлежал обжалованию. В ближайшие секунды все должно было закончиться.

И тут он разозлился. Ведь давал шанс Бугаю закончить дело мирно, без нокаутов, но тот не захотел. Ладно...

Сергей стремительно пригнулся, пропуская над головой тяжелый правый сержанта, затем разогнулся и, используя инерцию тела, жестко и безжалостно ударил Бугая в голову.

Сержант пошатнулся, но устоял. На долю секунды его глаза стали бессмысленными, и он опустил руки. Сергей сделал шаг назад, выбирая наиболее удобную дистанцию, и провел стремительную «двойку», целясь в открытый подбородок. Он бил расчетливо и сильно, вполне осознавая, что делает.

Любой, достаточно сильный удар по голове, нанесенный по любой ее части, приводит к так называемому «инерционному взрыву» и нарушению работы вестибулярного аппарата. Мозжечок сержанта от полученных потрясений сместился в сторону на считаные микроны, но и этого вполне хватило, чтобы центральная нервная система временно потеряла контроль над телом, и он рухнул на ковер.

Первым очнулся майор.

— Врача сюда, быстро! Никитин, за водой! Лейтенант, ко мне! — закричал он в полной тишине, и все вокруг сразу пришло в движение.

Ухтыблин выскочил на ковер прямо в «берцах» и попытался обхватить за плечи ставшую вдруг такой неуклюжей тушу сержанта. Подоспевший лейтенант помог ему. Вместе они перевернули Бугая на спину. Больше всего их напугало то, что глаза Бугаева были открыты, но его зрачки закатились куда-то под лоб. Побледневшие офицеры переглянулись. Выскочивший из своего кабинета врач (в любом спецназе есть врач при погонах, такова уж специфика этих подразделений) оттолкнул их и схватил сержанта за кисть, чтобы нащупать пульс. Другой рукой военный эскулап быстро и привычно раскрыл чемоданчик с нашитым на боку красным крестом и сунул Бугаю под нос ватку с нашатырем. Веки бойца затрепетали, словно крылья бабочки, сначала медленно, затем быстрее, и зрачки вернулись в нормальное положение.

— Что это? — захрипел сержант. — Где я?

Ухтыблин облегченно вздохнул и мысленно перекрестился.

— Док, что с ним? — на всякий случай спросил он, уже зная ответ.

— Сотрясение мозга, вот что, — проворчал седоватый мужчина в белом халате, наброшенном на форму. — Обыкновенный нокаут. Как я не люблю бокс, если бы вы знали! И это называется благородный вид спорта!

— Потом, док, потом... сейчас что делать надо?

— В госпиталь! В стационар! Полный покой! Я сделаю назначения!

Майор отдал необходимые команды, и Бугая увели под руки.

— Тренировка закончена, — объявил Ухтыблин смотревшим на него бойцам. — Все в душ,
ну, а далее по распорядку. Что там у вас, обед?
Ну вот, идите и обедайте. Одинцов, задержись.
Док, вы тоже на пару слов.

Сергей зубами стянул с мокрых рук перчатки
и устало присел на край ковра. Наверное, будет
выговор. Ну, сначала, как и положено, назначат
проверку. Так, формально, ведь свидетелей полно. А потом уже влепят по полной. Боец попал в
госпиталь, а это уже называется «чрезвычайное
происшествие».

— Ну, что делать будем, лейтенант? — посмотрел на офицера Ухтыблин. — Прохлопал?

— Да я, товарищ майор, и не думал совсем,
что вот этот, — растерянно кивнул в сторону
Сергея лейтенант, — такой... что он так сможет.

— Петрович, что скажешь? Когда Бугаев
сможет выступать? — повернулся майор к врачу.

— Что?! Что вы сказали, Николай Иванович?! — Когда врач отряда злился, то он всех,
даже рядовых, называл на «вы». — Ну, знаете
ли! Бугаеву следует забыть о спорте на бли-
жайший месяц! Только легкие пешие прогул-
ки! Все, мне пора! — Он свирепо посмотрел на
майора и двинулся к дверям, на ходу сдирая со
своих покатых полноватых плеч накрахмален-
ный халат.

— Та-ак, — перевел взгляд на Сергея майор. — А ты что скажешь?

Сергей тяжело поднялся с ковра и молча
уставился себе под ноги.

— Тоже стандартный ответ, — ухмыльнулся Ухтыблин. — Тогда слушай мою команду. На соревнования поедешь ты, Одинцов. Давай готовься. Лейтенант!

— Слушаю, товарищ майор!

— Я? — удивился Сергей, но майор не захотел тратить время на объяснения. Одинцов уже не интересовал его, по крайней мере до вечера, когда надо будет объясняться с командиром отряда.

— Запиши Кубинца в команду как рукопашника.

— Кого?!

— Кубинца! Одинцова! Кличка у него такая теперь будет.

— Есть! А...

— Что?

— Так он даже еще на шевроны не сдал зачеты. На наши шевроны, спецназовские. Там же все «краповики» едут. А у Одинцова нашивки на форме общевойсковые... Это как тогда понимать?

— А когда у нас зачеты?

— Через две недели, как раз квартал заканчивается.

— Вот на соревнованиях и сдаст! А кого прикажешь выставлять на «рукопашку»? Сам кашу заварил, сам пусть и разбирается. Хорошо выступит, мы перед строем тут же эти шевроны и вручим. Еще вопросы есть?

— Один остался.

— Ну, что еще?

— А при чем тут кубинцы?

— Эх, лейтенант, не видел ты, как кубинцы боксируют. Был у них один такой, Теофило Стивенсон. Слышал о таком? — покосился на Сергея майор.

— Конечно, слышал. Трехкратный олимпийский чемпион, «тяж». Я и бои его видел. По Интернету, правда.

— Эх, молодежь... мне бы ваши годы! В общем, так! Служебную проверку проводить буду я. Рапорта о случившемся ко мне на стол к двум... нет, к трем часам дня, я как раз командиру доложу. Все, Кубинец! Двигай в душ. А потом по распорядку! Лейтенант, пошли со мной.

Для приехавших на соревнования групп выделили правое пустующее крыло просторной казармы, в которой обычно жили новобранцы, проходящие курс молодого бойца. Сейчас молодые солдаты уже разъехались по своим местам службы, и в свободные кубрики заселили взрослых, уверенных в себе мужчин. Практически все они носили краповые береты.

Старший лейтенант Минохин заступил в наряд, который нес службу по охране имущества участников соревнования и поддержания порядка на территории.

Так как в помещении было уже жарковато, двое дневальных вынесли стол со стулом прямо ко входу в казарму. Старший лейтенант разложил на столике журнал с ручкой, поставил под стол, в тенек, бутылку запотевшей минералки, поправил на голове берет, уселся и стал ждать. Дневальный прислонился к стволу дерева. На стул он не садился, все равно долго не просидишь.

Первые посетители появились уже после обеда. Двое рослых парней в форме, с черными пластиковыми пакетами в руках, громко и весело переговариваясь, вышли из-за поворота асфальтовой дорожки и остановились прямо перед столиком офицера.

— Так, — постучал ручкой по столу Минохин. — Глущенко, вторая рота?

— Так точно!

— И к кому?

— Да там должны ребята из Архангельска подъехать. Он мне звонил вчера вечером. Саня из Архангельска. Мы с ним как-то в переделку попали «за речкой», у нас магазин на двоих остался, так он...

— Подожди. — Офицер полистал журнал. — Сводная группа Северо-Западного округа... есть такие. Третий этаж, второй кубрик. Позови, — кивнул он дневальному.

Дневальный неспешно поднялся на высокое бетонное крыльцо и исчез за дверью.

— А что в пакете? — спросил Минохин.

— Да это... так... мы тут немного пива взяли. Ну, и рыбки, конечно.

Офицер неодобрительно покачал головой.

— Товарищ старший лейтенант! — взмолился парень. — Я его пять лет не видел! Только созванивались. Ну, что же, я к братишке с лимонадом приду?! Ну, вы же все понимаете!

— А ты, Андреев, куда? — перевел взгляд на его спутника офицер. — Ты тоже... этого Саню знаешь?

— Не знаю, товарищ старший лейтенант, — честно признался второй посетитель. — Но наша рота рядом с северянами стояла, есть что вспомнить.

— Ротный в курсе? — задал последний формальный вопрос Минохин.

Глущенко обидчиво развел руками с зажатыми в них пакетами. В левом пакете что-то звякнуло.

Офицер поморщился, но ничего не сказал. Эти двое, как, впрочем, и остальные посетители, были взрослыми людьми, контрактниками, давно отслужившими срочную службу и кое-что повидавшими в жизни. Напоминать сейчас об уставе и читать нотации лейтенант не собирался, не для того его сюда поставили. И все-таки праздник в бригаде, так что можно сделать некоторые послабления... прямое распоряжение командира! Минохина, как человека, служившего в бригаде уже четвертый год и знавшего в лицо всех «краповиков», специально назначили в этот наряд, чтобы лично контролировать поток посетителей. А то, что посетители будут, командир бригады не сомневался. В замкнутом кругу спецназа встречи бойцов из различных подразделений происходят достаточно часто. Совместные операции, соревнования, участие в локальных конфликтах — все это сближает людей, вместе переживших не самые легкие моменты в их жизни. Комбриг, сам «краповик», хорошо помнил старый командирский завет — «если ты не можешь предотвратить веселье, то уж лучше возглавить его». Столовая на первом этаже была предоставлена в полное распоряжение гостей ровно до 23.00.

Из-за двери казармы появился дневальный вместе с огромным светловолосым парнем в тельняшке, камуфлированных штанах и тапочках на босу ногу. Парень нетерпеливо озирался по сторонам.

— Саня! — заорал Глущенко и замахал руками. Пакеты зашуршали в опасной близости от макушки старшего лейтенанта. Минохин пригнулся и оглянулся.

— Глухой! Братишка!— завопил парень, скатился с крыльца и заключил спецназовца в объятия.

Ближе к вечеру старший лейтенант допил всю воду и передвинул столик ближе к дереву, чтобы солнце не слепило глаз. Он лениво ждал и прислушивался к гулу голосов, доносившихся из открытых окон столовой:

— Сашку Трофименко помнишь?

— Как не помню...

— Было дело, у него живот забарахлил. Наверное, воды местной напился. Ну, мается парень, поесть нормально не может, все его жалеют, а сделать ничего не могут. И, как назло, таблеток от этой болезни ни у кого нет. Заглянул к нам один парень из инженерно-саперной роты, тогда мы с ними разведку согласовывали, что ли, сейчас уже не помню. Заглянул, посмотрел и говорит Сане: «Ты, парень, кусочек тола съешь, и сразу все в норму придет. Мы сами так лечимся, в полевых условиях средство проверенное». Принес он ему вечером толовую шашку.

— Нет, не слышал об этом. И что?

— Ну, а Саня половину шашки ножом нарезал и съел с минералкой.

— Помогло?

— Еще как! Саня потом неделю от запора мучился.

Взрыв дружного хохота спугнул стайку воробьев, чирикавших на дереве.

— Я слышал, его потом на «вертушке» сбили с ребятами, когда они уже на базу шли.

— Да, было дело.

В столовой наступила тишина.

— Эх, блин, — вздохнул кто-то.

— Ну, значит, дают нам задание, — заговорил после паузы невидимый старшему лейтенанту рассказчик, — «снести» одну «бригаду» при покупке «стволов». «Снести» всех, но при этом красная «девятка» должна уйти. Ну, понятно. Какие-то там очередные игры оперов... Нам-то что... уйти так уйти... «девятка» так «девятка». Залегли мы в лесочке под горой, ждем. Приехали «гости». Мы, как положено, орем — всем лежать, оружие на землю. Ну, постреляли там немного... пара дураков решили в американских ковбоев поиграть, не получилось у них. И видим, красная «девятка» срывается с места и уносится по лесной просеке. Капитан вскакивает и орет, специально для тех, кто мордой в землю лежит: «Огонь по машине! Не давать им уйти! Огонь!»

А сам нам подмигивает, мол, делать так, как и договорились. Мы с автоматов дружно по веткам ка-ак рубанем... Все очень достоверно вышло... капитан кричит, мы стреляем... в общем, красивая легенда у «того парня» должна была получиться. Чудом вырвался из засады, и все такое.

— А! Ну, конечно! А Коля на инструктаже не был, да?

— Ну да! Он садится в позицию, поднимает винтовку и начинает стрелять по машине! «Врешь, — говорит, — не уйдешь, сволочь!» Только на пятом выстреле мы сообразили, куда он стреляет, и то лишь по направлению ствола.

— А этот опер к нам в расположение приехал, через неделю где-то, спину свою показывал. Воот такой синячище под левой лопаткой... не промахнулся тогда наш Колян, четыре пули в «девятку» положил, хорошо, что на излете. И смех, и грех. Зато «легенда» железная получилась.

— Помню. Он тогда еще барашка у местных купил, извинялся.

— Давай, Витек, за те времена. Мы-то живые остались.

— Давай!

Ближе к восьми часам на асфальтовой дорожке появилась еще одна фигура, и тоже с ручной кладью в руках. Минохин присмотрелся и удивленно покачал головой. К столику подошел заведующий вещевым складом прапорщик Тюленев. Мужик он был уже в годах, под пенсию, и честно дослуживал свой срок. В общем-то, прапорщик был «хозошником» невредным, всегда старался подобрать вещи и амуницию ребятам по размеру и никогда не выбрасывал на прилавок все подряд: «Бери, бери, ничего страшного, если не по размеру, потом с кем-нибудь поменяешься. Давай не задерживай остальных, мне еще третью роту одевать надо!»

Палыча в бригаде уважали, но на торжества за стол старались не приглашать. Нет, никаких дурных наклонностей за ним не водилось, он не расклеивался от выпитого спиртного, не проявлял буйства характера, всегда понимал, где он находится и с кем пьет, но была одна деталь, которая портила весь вечер.

Представьте себе человека, который, например, на новогоднем празднике, когда все вокруг веселятся и улыбаются, желают друг другу самого хорошего в новом году, в самый разгар веселья негромко разговаривает со стаканом водки, стоящим напротив него на столе и накрытым куском хлеба. Палыч обращался к стакану по имени, называл его Виталиком, все время чокался с ним и наотрез отказывался объяснять свою традиционную застольную привычку.

После двух таких случаев командир роты, который был младше Палыча чуть ли не на пятнадцать лет, очень деликатно попросил ветерана пройти обычные психологические тесты, которым подвергаются все бойцы спецподразделения в обязательном порядке каждые полгода. Психолог, промучив Тюленева целый день, только лишь развела руками в ответ на вопросительный взгляд командира.

«Годен, — сказала она. — В целом и в общем вполне годен. К выдаче штанов и курток я его допускаю. А если копать глубже, то боюсь, что и у вас найдутся какие-то отклонения. Идеально здоровых людей нет, а то, что вы увидели у вашего Палыча, называется профессиональной деформацией. — И добавила совсем уже по-женски: — Все вы здесь чокнутые, только маскируетесь умело. За умение маскироваться можете поставить своим бойцам оценку «отлично».

Тюленев подошел к столику дежурного офицера, и Минохин поднялся, проявляя уважение.

— Здравствуй, Андрей, — негромко проговорил прапорщик. — Ты запиши меня в журнальчик. Я к ребятам с Южного федерального поднимусь, там товарищ мой подъехал, хотел бы увидеться.

— Проходи, Палыч, — ответил старший лейтенант. — Проходи без всяких записей. Порядок ты и так знаешь.

В большой пузатый портфель, который нес с собой начальник вещевой службы, офицер даже не заглянул.

Двое мужчин не стали бурно выражать свои чувства. Они молча обнялись, крепко похлопали друг друга по плечам и отодвинулись, рассматривая друг друга.

— Давно такую прическу носишь, Коля?

— Да как полысел, — усмехнулся майор, потирая голову ладонью. — А у тебя, я вижу, краска черная для волос закончилась, а, Тюлень?

— Закончилась, — вздохнул прапорщик. — Такой больше не делают.

— Ну, присаживайся. Я только дверь закрою. Мои ребята знают, что я не святой, еще никто из них не видел, как я пью водку.

Прапорщик поставил портфель на стол и принялся вытаскивать из него бумажные хрустящие замасленные свертки. В кабинете сразу же вкусно запахло.

— Да ты не очень-то, Саня! Завтра совещание у комбрига.

— Ничего, он у нас мужик понятливый, — уверенно проговорил Тюлень, доставая красивую пузатую бутылку с цветастой наклейкой. — Праздник все-таки! Элита спецназа приехала. Когда еще увидимся?

— А, наливай тогда! — махнул рукой майор. — Действительно, когда еще?

— Ну, что? Давай за нас, давай за вас, и за десант, и за спецназ! — произнес Тюлень, поднимая алюминиевую кружку, которую он предусмотрительно прихватил с собой. Рюмок он не признавал в принципе.

— Давай за спецназ, — кивнул майор, поднимая свою кружку.

Ухтыблин слегка задержал содержимое кружки во рту, стараясь определить качество выпивки, а затем одним глотком проглотил дорогое заграничное спиртное.

— Самогоном пахнет или мне показалось?

— Есть немного, — усмехнулся прапорщик. — Виски всегда самогоном пахнет.

— Никогда бы в жизни не подумал, — повертел бутылку в руках майор. — Я всегда считал, что у виски должен быть какой-то очень особенный, неповторимый, какой-то американский, что ли, привкус.

— Паршивый у него привкус, — ответил ему старый друг, — одно в нем хорошо — он слабее водки, поэтому его и взял, у всех завтра дела.

— Да, придется побегать... официально зарегистрироваться, пойти полосу посмотреть, с правилами еще раз ознакомиться. Ты же знаешь, организаторы всегда что-то новенькое придумают.

— Знаю. Ну, рассказывай, кого видел, что слышал? Как там наши ребята?

— Да что я... я в провинции живу, это ты тут практически в столице устроился. Наливай еще, что ли?

— Давай по второй... за родителей.

— Это святое. Давай. Твои-то как? Отец жив, держится?

— Нормально все. О Ваське Демчишине слышал?

— Демчишин, Демчишин... это светленький такой был, нос в веснушках?

— Васька Непоседа.

— Тьфу, ты! Так бы сразу и сказал! Погоди, а что с ним?!

— Да все хорошо, в люди выбился. Сейчас в Москве живет, своя фирма у него, с итальянцами работает. Стройкой занимается.

— Ааа... Ты так больше не пугай меня, Тюлень! Я уж думал, с ним что-то случилось!

— На День спецназа всех приглашает, весь второй взвод. Ну, кого найдет, конечно. И всем проезд и проживание оплачивает. Мне вот уже сказал.

— А мне еще нет.

— Ну, позвонит, значит! Как же мы без командира-то будем отмечать?!

Ухтыблин неопределенно пожал плечами. Он, конечно, же, помнил Ваську Непоседу. Любил пошутить, поболтать, к службе с легкостью относился, если не сказать большего. Но парень был нетрусливый. Хотя одной обыкновенной храбрости для службы в спецназе мало. Необходимо ослиное терпение и умение ждать. Ждать часами, а то и сутками, словно влюбленный под окном капризной красавицы. Ждать, не нервничая, сохраняя в себе постоянную готовность к мгновенной концентрации, чтобы расчетливо рискнуть своей жизнью. А может, и не расчетливо... Не у всякого это получается. Васька и получил прозвище Непоседа, потому что ждать не умел. Эх, Васька, Васька... сколько раз его Ухтыблин и просил, и наказывал, пока не убедился, что ничего на него не действует, характер у него такой. А после второго контракта он сам лично попросил бойца больше не идти к нему во взвод. Если, конечно, тот дальше захочет служить. Но Васька тогда обиделся, не захотел и уволился. Много лет ничего не слышал о нем майор, а теперь вдруг объявился... И это еще не факт, что он бывшего своего командира взвода рад будет видеть. Он торжество организовывает, будет людей со всей России приглашать за свои кровные... так что может и не позвонить. Ну и ладно. Переживем.

— А о Кузьмине слышал? — спросил прапорщик.

— Слышал, конечно. Говорят, тоже в Москву перебрался, в штабы?

— Ну да... адъютант его превосходительства, блин! Сейчас он адъютантом у кого-то, у кого именно, не знаю. Уже полковник!

— Вот люди как растут. Значит, не зря я вас учил, — хмыкнул майор.

— А! — махнул рукой Тюлень. — Знаешь, как он изменился? Как-то виделись с ним, приезжала московская проверка в часть... Я, как Кузьму увидел, так обрадовался. Все-таки четыре года вместе отбарабанили, да и куда только нас судьба не забрасывала... впрочем, кому это я рассказываю... Значит, подскакиваю я к генерал-полковнику, он там вроде самый старший по званию был, руку под козырек, так, мол, и так, я — прапорщик Пупкин, разрешите обратиться к товарищу полковнику?

— Ну, и?

— Разрешил, хотя было видно, что занят. Там с ним еще человек десять генералов всяких, я столько золотых погон вместе еще не видел. Ну, я к Кузьме поворачиваюсь, улыбка, как у идиота, во весь рот. «Кузьма, — кричу, — что же ты столько лет молчал, ведь, оказывается, рядом совсем служим, позвонить не мог, что ли?!»

Майор уже понял, о чем будет идти дальше речь. Он вздохнул, отломил пальцами очень вкусный хлеб с вкрапленными в него изюминками и принялся меланхолически жевать.

— А он мне говорит: «Товарищ прапорщик, я сейчас занят, найдите меня попозже, ориентировочно к семнадцати ноль-ноль». И смотрит так холодно и неприязненно, словно я у него взаймы тысячу попросил. У меня ноги и подкосились. «Есть, — говорю, — разрешите идти?»

— И ты пошел?

— И я пошел, Коля... пошел, как крейсер от причала.

— Ну, понимаешь, Саш, — закряхтел майор, — это такое дело...

— Коля! Не надо меня учить воинскому уставу! Я сам кого хочешь научу! Да гадом он стал! Подумаешь, какой-то прапорщик к нему подошел! Не генерал, небось?! А то, как я с ним одной галетой делился, он уже забыл! Ты помнишь, Ухтыблин, как ты нас... — Прапорщик вдруг запнулся и испуганно замолчал.

— Да знаю я, Саш, свою кличку, знаю. Это когда я вас на высоте двоих оставил и сказал, что вернусь через час, а сам вернулся через двое суток? Извини, там погода помешала. Не смог вертолет взлететь. Теперь уже пацаны меня так называют... вот, даже младший брат Резкого иногда.

Прапорщик внимательно посмотрел на своего бывшего командира, затем молча разлил виски по кружкам. Потом стукнул своей кружкой по кружке майора, выпил, взял кусок мяса, сосредоточенно пожевал и преувеличенно спокойным голосом спросил:

— Как ты сказал? Чей брат?

— Брат Одинцова Виталика, которого мы с тобой оставили на перевале. Вместе с Тайсоном.

Прапорщик покрутил шеей, словно ему жал горло несуществующий галстук, и прокашлялся. Он хотел что-то сказать, поднял голову, но потом передумал.

— Хорошо, что молчишь, — кивнул Ухтыблин. — Я тоже постороннему человеку могу сто раз доказать, что это было необходимо. Но только постороннему, своему-то что доказывать.

Тюлень помолчал, скрипнул зубами и глухо проговорил:

— Давай третий тост, Коля. Давай за всех... за всех парней в погонах, которые погибли при исполнении. Давай за всех мужчин с оружием в руках. За тех, которых не дождались, за тех, о которых думают, что их уже нет. Ни хрена! Пока мы живы, они живут внутри нас! Выпьем, братишка!

— Выпьем, брат! Я чувствую свою вину перед Одинцовым, — тихо произнес майор. — Знаю, что не виноват, но все-таки.

— Мне нечего тебе сказать, Коля. Нечего. И утешать тебя, говорить, что это все ерунда, я не буду. Я и сам... — Прапорщик не договорил и несильно стукнул кулаком по столу.

— Ну и правильно, — кивнул майор. Он вздохнул и помотал бритой головой: — Ух ты, блин, тяжко все-таки иногда приходится... Давай четвертый тост. Чтобы по нам промахнулись! Ну, будь!

Глава 2

Ровно в восемь часов утра в просторном, практически пустом огромном зале кафе гостиницы «Центральная» появились два человека. Они остановились в дверях и начали оглядываться, ожидая увидеть официантку или метрдотеля. Первой их увидела мойщица посуды через открытую дверь кухни.

— Машуня! — крикнула она громко, стремясь перекрыть шум текущей из крана горячей воды. — Твои пришли! Иди работай!

Из подсобки быстро вышла полноватая рыжеволосая официантка.

— Сашок, ты поел уже? — с озабоченным видом говорила она по сотовому телефону. — А бутерброд съел? Что? Что значит «не хочу»? Это хорошая колбаска, свежая... Нет, салями еще не привезли. Как привезут, так сразу принесу. А пока эту ешь, не заставляй маму нервничать. Мама на работе... Вот и умница. — Выглянув в зал, она нахмурилась. — Ладно, сынок, мне пора работать. Вот и дяди пришли, кушать хотят. Пока, целую.

Женщина спрятала сотовый в кармашек свежего белого передника и повернулась к посудомойке:

— Вика, давно ждут?

— Да только зашли, Маш. Я, как их увидела, сразу тебя позвала. Это вчерашние иностранцы, что ли?

— Ну да, — недовольно отозвалась официантка. — И чего им не спится?.. Вчера ведь до двенадцати сидели, одну бутылку часа два мучили, говорили тихо, на женщин вообще внимания не обращали. Девчонки из 315-го номера даже обиделись. Я уж подумала, не «голубки» ли?

— Это вряд ли, Маш. — Мойщица посуды закрутила кран и подошла к официантке. — У них записано в карточке, что завтрак подают с восьми и до двенадцати утра. Все включено, как говорится. Вот они и заявились ровно в восемь. Пунктуальные. Может, немцы, а?

— Да не знаю я... не спрашивала. Нина с этажа вроде говорила, что к ней чехи заселились.

— Ну, чехи так чехи... — Вика вытерла руки салфеткой. — Смотри, вот этот каков... симпатичный, лицо загорелое, плечи широкие. В годах, правда, наверняка уже за сорок, но хорош. Хорош! Мне, Маш, седые мужчины больше нравятся. И вот его шрам на щеке. Он его совсем не уродует, наоборот! Может, военный какой-нибудь?

— Ох, Вика, — вздохнула Маша, — мне бы просто нормального, с сединой или без, лишь бы не пил.

— А другой тоже ничего, — прищурилась Вика, рассматривая ранних посетителей. — Молодой, ловкий, костюмчик как влитой сидит.

— Ладно, пойду я. — Официантка машинально одернула передник, поправила заколку, профессионально улыбнулась и вышла в зал.

— Проходите, пожалуйста, вот сюда, — показала она на столик у окна. — Но вам придется подождать несколько минут, повар только плиту включил. Может, вам пока холодного лимонаду принести? Или, может, пива?

Молодой парень в светлом костюме и с тщательным пробором на голове двинулся было к указанному столику, но седой придержал его за рукав.

— Нет, Майкл. Не туда. Спроси у нее, можем ли мы сесть в другом месте? — произнес он на английском.

— Прости нас, — на хорошем русском, но с еле заметным европейским акцентом сказал его молодой спутник и обезоруживающе улыбнулся, — не могли бы мы занять другой столик, где-нибудь в середине? Мой компаньон... э... он боится высоты и не хочет сидеть у окна, у него эта болезнь с детства, кружится голова...

Маша с изумлением, смешанным с некоторой брезгливостью, посмотрела на седого, встретила его прямой, без следа улыбки взгляд и сразу поняла, что у этого мужчины вряд ли закружится голова даже в том случае, если он посмотрит в глаза голодного крокодила, а не на цветочную клумбу с высоты четвертого этажа. Она поджала губы и молча кивнула на столик, стоящий у колонны.

— Сэр, вы не похожи на человека, страдающего боязнью высоты, — по-английски вполголоса заметил молодой парень, учтиво пододвигая стул своему спутнику. — Мне пришлось именно так оправдать ваше желание.

— Я знаю, — так же тихо ответил седой, усаживаясь и осматривая просторное помещение с пустующими столиками. Через широкие прямоугольные окна лучи солнца освещали чистый блестящий паркет. Еле слышно шумели кондиционеры. Людей в кафе не было. — Но что поделать, я действительно не люблю сидеть у окна. Как-то в Афганистане наша служба под прикрытием моих парней записала интересующий нас разговор через стекло. То есть само оконное стекло сыграло роль резонатора, а специальный прибор снял эти колебания и расшифровал их. Слышимость была гораздо лучше, чем когда я говорю со своей женой из душа и прошу ее принести полотенце.

— Полковник... — начал было парень, но, наткнувшись на такой холодный взгляд седого, словно тот посмотрел на него в прицел, торопливо извинился: — Простите, сэр! Простите. Больше этого не повторится. — От досады он даже слегка стукнул ладонью по столу.

— Хорошо, Майкл, — ровным сдержанным тоном проговорил седой. — Но больше так не ошибайся. Скорее всего, эти две «наташи» не понимают английского, да еще так щедро разбавленного южным американским выговором, и здесь никого нет, и столик был выбран мной... Но все же крепко запомни одно: я — Сидней Бронгишек, бизнесмен из Чехии, родился и вырос в Америке, заместитель директора фирмы, производящей экипировку для армии. И я прибыл сюда, чтобы завязать контакты и заодно посмотреть соревнования русских специальных сил. Это мне нужно, поэтому мое посещение города Пушкино вполне естественно, потому что лежит в сфере моих коммерческих интересов. Понятно, Майкл?

— Конечно, сэр!

— И не называй меня сэром. Я — Сид!

— Да, да...

— По-чешски я не говорю, потому что я американец и был приглашен на фирму исключительно ради моих широких связей в бизнесе.

— Я все понял... Сид.

— Разве не ты мне готовил легенду? — Седой внимательно оглядел своего спутника. — Хотя вряд ли. Ты слишком молод для этого.

— Нет, Сид, не я. Меня вообще поставили в известность о вашем прибытии за день до вашего приезда.

— Да, мы немного задержались. — Седой оглянулся: — Где же официантка, я уже проголодался... К сожалению, русские проявили непонятную подозрительность и тянули с выдачей визы. Пришлось подключать кое-кого... А вот и наш завтрак.

Официантка быстро расставила на столике свежий хлеб, масло, высокий стеклянный чайник с чаем и отправилась за только что сваренной манной кашей. Стоимость завтрака была включена в стоимость номера, поэтому постояльцев гостиницы не баловали изысканными блюдами на утреннем приеме пищи.

Седой осмотрел стол, пожал плечами, взял нож и хлеб и принялся готовить себе бутерброд. Молодой нехотя последовал его примеру.

— Ты что-то хочешь спросить, Майкл? — осведомился Сид, не поднимая глаз и осторожно разрезая крошащееся заледеневшее масло.

— Да, сэр... то есть Сид!

— Ну, ну?

— А зачем вам нужны эти... русские специальные силы? Вообще-то они называют себя несколько по-другому — «спецназ». — Майкл произнес это слово по-русски.

— Спецназ? — повторил за ним седой. — Спецназ... Ну, что ж... звучит неплохо. Коротко и емко. Русские умеют давать названия. Я сталкивался уже с этим... «спецназ», я правильно говорю?

Майкл кивнул, решив про себя, что сейчас не место и не время для обучения полковника «зеленых беретов» тонкостям русского языка.

— А когда же вы?.. — удивленно спросил он.

— Расскажу как-нибудь при случае. Так вот, дело в том, Майкл, что русские начали проявлять невиданную ранее активность. И наши умники из Пентагона решили к ним присмотреться, познакомиться с нашими вероятными противниками поближе. Что, в общем-то, совпало и с моим собственным желанием. Я не силен в политике, да и не мое это дело, но могу с большой долей уверенности сказать, что послужило основанием для этой командировки... — Седой машинально оглянулся, но в пустом зале по-прежнему никого не было. — Когда русские наводили порядок у себя дома, мы не вмешивались, потому что нам было гораздо выгоднее иметь дело с одной целой страной, чем с десятком новообразованных маленьких государств, рвущих и тянущих одеяло на себя. Честно говоря, я не думал, что они справятся. Правда, мы помогали нашим друзьям в России, помогаем и сейчас, но дальше советов и небольшой материальной помощи дело не доходило. Но теперь...

Седой соорудил наконец бутерброд и взялся за кружку с чаем. Майкл принялся есть манную кашу. Каша неожиданно оказалась густой и вкусной, и молодой сотрудник американского посольства на несколько минут забыл о своих расспросах.

— Странно, Майкл, но это масло очень качественное. — Сид перестал жевать и даже понюхал свой бутерброд. — Я ел такое на ферме в Монтане, у своего дяди. В магазинах оно несколько другое.

— Что же тут странного? — торопливо проглотив горячую массу, вежливо спросил Майкл.

— А мне говорили, что Россия превратилась в потребителя низкосортных продуктов из Европы и Америки и качественную пищу здесь найти очень трудно. Поэтому я не стал есть эту подозрительную кашу.

Майкл отрицательно помотал головой и с легким шипением несколько раз вдохнул и выдохнул воздух, чтобы остудить полость рта.

— Это не совсем так, Сид. То есть было так. А сейчас русские упрямо принялись строить огромные агрокомплексы и развивать свои фермы. Я думаю, что это масло и молоко, на котором сварена каша, завозит сюда огромная ферма, расположенная в шести-семи милях отсюда. Еще два года назад о ней ничего не было слышно, а сейчас она поставляет свою продукцию на весь штат. То есть область, как говорят здесь. Я знаю об этом, потому что наша посольская столовая иногда заказывает у них отличную сметану.

Сид хмыкнул и принялся допивать чай. В полном молчании они закончили свой завтрак, и полковник посмотрел на часы.

— Успеваем. Я вижу здесь пепельницу, значит, здесь можно курить. А что, здесь нет помещения для некурящих?

Майкл неопределенно пожал плечами и молча переставил сверкающую чистую пепельницу поближе к собеседнику.

— Они несколько побеспокоили нас на Востоке, — продолжил начатую мысль седой. Он щелкнул зажигалкой и, откинувшись на спинку стула, выпустил дым к высоченному потолку. — Но мы не обратили на это внимания. А потом мои парни столкнулись с русским «спецназ»... — Полковник опять произнес это слово по-русски, и Майкл заметил, что он практически чисто его выговаривает. Память у «зеленого берета» была отличной. —...в Сирии. Русские тогда действовали решительно и жестко. Так, как будто моя группа нарушила их границу и готовила нападение на секретный объект. Я потерял пятерых, Майкл. Пять отлично подготовленных парней.

— Сочувствую, Сид, — пробормотал Майкл. — Честно говоря, я и не знаю, что сказать.

— Я хочу посмотреть на них, — не обратил внимания на его слова полковник. Он внимательно разглядывал тлеющий кончик своей сигареты. — Просто посмотреть. Что они умеют и насколько хорошо подготовлены, как мы сможем им успешно противостоять? Я чувствую, Майкл, что в скором времени «зеленым беретам» опять придется доказывать, что они лучшие во всем мире.

— Русские упрямы и своенравны, Сид. Во Второй мировой войне они сумели победить на своей территории. Я с удивлением узнал, что в каждой русской семье есть свои погибшие, просто был шокирован этим. В каждой, Сид! Это делает их гордыми.

— Вы серьезно? — искренне удивился полковник. — В каждой семье?

Майкл кивнул.

— М-да... — задумчиво протянул седой. — Я тоже этого не знал. Какие страшные потери... Как же они тогда сформировали такую успешную армию?

Молодой дипломат молча развел руками.

— Не надо ничего говорить, — поднялся полковник. — Пойдем лучше посмотрим на них. Если мы поторопимся, то успеем занять лучшие места на гостевой трибуне. Надеюсь, ты не забыл свой пропуск?

На Софринском полигоне две полосы препятствий тянулись параллельно друг другу и были абсолютно идентичны. Эта похожесть стоила многих нервов и здоровья инженерно-саперной роте, которая готовилась к соревнованиям не менее напряженно, чем сами участники. Командир роты никогда и не думал, что ему придется вымерять, например, «змейку», собранную из толстых бревен и поднятую над землей на два с половиной метра, обыкновенной школьной линейкой.

Дело в том, что командование (которое саперы не раз во время работы вспоминали крепким словцом) решило поднять зрелищность соревнований и выпускать со старта сразу две соревнующиеся между собой группы, идущие по параллельным полосам. Зрителям в этом случае не надо было включать секундомеры, да и для самих участников состязаний вид догоняющего или отстающего соперника служил бы дополнительным стимулом для достижения хорошего результата.

Трибуна имела два уровня. На первом располагались приехавшие гости и начальники команд, а второй предназначался для высших офицеров внутренних войск. Поговаривали, что будет присутствовать сам заместитель командующего.

Соревнования начались с хлопком сигнальной ракеты. Над полигоном разнесся металлический голос. Пятнистые фигурки рванулись к первому препятствию, и зрители на трибуне оживились.

В левом углу трибуны, рядом с делегацией индусов и каких-то азиатских товарищей, облаченных в светлую «песчанку» и такие же кепки, заняли свои места предприниматель из Чехии и его молодой спутник.

Сид, чтобы было лучше видно, уселся на боковые перила и надолго приник к биноклю. Майкл скучал. Его, как человека, принципиально далекого от всего военного, соревнования не интересовали абсолютно, тем более что американцы в них не выступали. А кто из русских победит среди своих же русских, так на это дипломату было совершенно наплевать. Он уже присмотрел в толпе гостей, одетых в самую разнообразную пеструю форму, двух хорошеньких мулаточек в отлично пошитых обтягивающих бриджах. Они болтали между собой по-английски. Маленький сухощавый пожилой негр в красно-лиловом берете, сидевший впереди них на стуле и являвшийся, по-видимому, начальником, не особенно беспокоил своих ассистенток. Иногда он оборачивался, и тогда одна из девушек наклонялась к нему и быстро переводила текст диктора. Вторая держала в руках видеокамеру и с любопытством осматривалась по сторонам.

Майкл уже прикидывал, как познакомиться вот с этой, стоящей слева красоткой. Она так сексуально отбрасывала волосы со лба изящным поворотом красивой головы, что молодой американец не отводил от нее взгляда. Наконец их глаза встретились, и Майкл улыбнулся девушке. Та улыбнулась в ответ. Сердце американца сжалось в предчувствии приятного знакомства, он даже прищелкнул пальцами от удовольствия, приподнимаясь со стула.

— Ты куда, дружище? — поинтересовался Сид, не отрываясь от бинокля. Майкл негромко чертыхнулся и остановился. Он совсем забыл об этом седом.

— Я хочу найти кока-колу, — пробурчал третий советник военного атташе. — Русский оранжад имеет какой-то странный привкус.

— Ты не прав, Майкл. Странный привкус имеет вода из малярийного болота, очищенная специальными таблетками, а русский лимонад вполне пригоден для питья. Но после десятимильного марша по пустыне на привкус не обращаешь никакого внимания. Имеет значение только количество воды... Подожди, переведи мне, что говорит диктор. Там, на полосе, что-то случилось.

Майкл прислушался и принялся добросовестно переводить. На поле он не смотрел.

— Один из участников соревнований получил травму... ему придется помогать... зачет всей группе ставят только в том случае, если к финишу придут все те... э... кто начинал старт... движение вперед... Похоже, у сводной группы... Уральского округа... появились проблемы. Но не все еще потеряно... впереди еще три дня соревнований. За это время...

— Достаточно! — махнул рукой Сид. — Я знаком с регламентом соревнований. Иди к своей мулатке, но будь осторожен. Наверняка вон тому попугаю в лиловом берете не понравится, что ты начнешь «клеить» его помощницу. Кто знает... возможно, в наказание за легкий флирт с тобой он захочет ее съесть.

Майкл изумленно посмотрел на полковника, а потом неожиданно для себя выругался. Сид ухмыльнулся и подмигнул ему. Майкл опустился на стул, насупился и на мулатку больше не смотрел.

В конце каждой полосы стояла бетонная коробка неширокого четырехэтажного дома без окон и дверей. Стены домов были измазаны сажей от применения взрывпакетов и испещрены пулями. Каждой группе требовалось показать свое умение в ликвидации условных «террористов», засевших в доме и захвативших заложников.

Когда пятнистые фигуры скользнули по веревкам головами вниз, быстро стреляя через окна по установленным в комнатах мишеням, то зрители даже зааплодировали, отдавая дань восхищения безупречной и эффективной боевой работе.

Сид удивленно покачал головой и пробормотал себе под нос: «Молодцы, черт возьми! Надо будет попробовать подобное у себя дома. Хотя это и очень рискованно».

Пожилой индус, сидевший в центре своей делегации, встал, кивком подозвал себе переводчика и направился к выходу. Разговаривая между собой, они вышли к лестнице, ведущей на второй этаж. Там их встретил подтянутый офицер российской армии с безупречным оксфордским произношением:

— Сюда нельзя, господа. Ваши пропуска действительны только для гостевой трибуны.

Тон его был вежлив и холоден. За спиной офицера сразу же появились два хмурых автоматчика в касках, бронежилетах и в полной боевой выкладке.

Индус оглянулся на своего спутника.

— Генерал Радж является заместителем начальника сил специальных операций Индии, — поклонившись, проговорил переводчик. — Он хотел бы поговорить в неофициальной обстановке с любым высшим офицером ваших войск, который имеет право внеочередного доклада министру обороны России.

— Ну, что скажешь, Майкл?

Сид только что вышел из душа в накинутом на голое тело халате и вытирал мокрую голову полотенцем. Майкл бездумно лежал на кровати. У него после сегодняшнего дня, наполненного множеством впечатлений, слегка разболелась голова. Полковник же выглядел свежим и даже насвистывал какой-то мотивчик.

— Эй, дружище, хватит киснуть! Насчет той мулатки я, конечно, пошутил. Ты встретишь ее завтра, ну, или послезавтра, и все будет о'кей. У вас, молодых, секс сегодня прост и доступен, а вот в мое время требовалось хотя бы неделю поухаживать за девушкой, перед тем как... ну, ты понимаешь. А если девушка ложилась с тобой в постель после двухчасового знакомства, ее репутация считалась навеки погубленной.

— Ну, вы и сказали, полковник... — невольно усмехнулся Майкл и, сбросив ноги на пол, встал. — Действительно, хватить киснуть. Выпить, что ли?

— Плесни-ка мне виски, парень, — пробормотал Сид из-под полотенца. — Денек сегодня выдался хлопотным, но интересным.

— А виски нет, — уныло сообщил Майкл, разглядывая открытый бар-холодильник. — Ваша идея показалась мне свежей и интересной, но виски кончилось. Надо идти в супермаркет.

— Ах ты, дьявол! Ну что-нибудь там есть?! Хоть какое-нибудь паршивое шерри? Очень не хочется одеваться и тащиться в магазин!

— Есть водка, сэр, — прилежно доложил дипломат. — По-моему, даже целая бутылка. Вот она, в морозилке.

— Это символично! — объявил полковник и швырнул полотенце на кровать. — Мы в России, и это значит, что нам надо пить водку! А виски никогда не кончается только в Америке, так же как и водка у русских.

— Сейчас я вам покажу, как надо ее пить, — похвастался Майкл. — Меня этому научил наш механик гаража, он русский. Смотрите и запоминайте. Значит, наливаете холодную водку в стакан, берете кусочек черного хлеба, кладете на него сыр или колбасу, и...

Через час, когда Майкл закончил рассказывать о своей замечательной матери и о том, какую бесподобную индейку она готовит на Рождество, Сид поинтересовался, что такого достойного внимания увидел на соревнованиях молодой дипломат, не считая аппетитных выпуклостей очаровательной мулатки.

— Вы опять об этом, полковник... ну, право же, ничего интересного. — Майкл икнул и отпил холодную воду, набранную в стакан прямо из-под крана. — Хотя подождите... парень, который напялил на себя бронежилет того, кто вывихнул ногу. Признаюсь, меня это удивило. Тащить на себе два бронежилета, свой и чужой... это тяжело, по крайней мере!

— Ну, а еще? — усмехнулся «зеленый берет». С затаенной усмешкой он смотрел на молодого дипломата, который добросовестно пытался воспроизвести в своей памяти, серьезно ослабленной алкоголем, события прошедшего дня.

— Э, еще... Да, вот случай, когда один из солдат поранил себе руку! Он завязал свою рану каким-то обрывком тряпки и продолжил движение дальше! Я видел, как его за шиворот втаскивали на стену, он никак не мог справиться сам... Почему его не сняли с соревнований? Вы-то должны разбираться в подобных вещах! Я этого не понимаю... ведь это прямая угроза здоровью, он мог бы подать на организаторов в суд!

Полковник задумчиво кивнул и закурил, наблюдая по своему обыкновению за огоньком тлеющей сигареты.

— Ну, во-вторых, это была не тряпка, а перевязочный материал, который используют при фиксации конечностей. У каждого спецназовца он всегда должен быть под рукой. А во-первых, Майкл, ты не заметил главного. Не морщи лоб, ты не военный человек и в жизни не догадаешься. — Сид стряхнул пепел в горлышко пустой бутылки. — То, что русский парень потащил на себе два бронежилета, меня лично не удивляет. Мои ребята проводят час в воде, болтаясь на поверхности в полном боевом снаряжении, бегут ночные кроссы от заката до рассвета, обходятся двухчасовым сном в день в течение целой недели и делают еще множество таких вещей, от которых среднестатистический гражданин Америки заработал бы себе смерть от перегрузки сердца. Дело не в физической выносливости. Эту самую выносливость можно развить до немыслимых пределов, стоит только поставить такую задачу. Дело в другом.

Майкл кивнул и попытался сфокусировать взгляд на переносице полковника, поскольку уже не различал, где у того находятся глаза.

— Дело в том, парень, что они работают коллективно. Они работают в команде и на команду. Потеря или смерть отдельного бойца ничего для них не значит, потому что задача должна быть выполнена любой ценой. Любой, Майкл. Признаюсь, меня это неприятно удивило. И они не бросают своих людей, ты видел, как кинулись на помощь солдату бойцы из бегущей рядом группы. Исходя из обыкновенной логики, эта задержка соперника должна была обрадовать их, но обе группы задержались на полосе до тех пор, пока солдату не была оказана помощь. — Полковник встал и начал расхаживать по номеру, не обращая внимания на полусонного собеседника. — Дух, Майкл. Эта самоотверженность русских, доходящая до фанатизма, меня несколько испугала. Будь это в бою, я бы не удивился. Выброс адреналина в кровь зашкаливает, и человек может бесконечно бить собственные рекорды по бегу и по проявленной силе под свистом пуль, спасая свою жизнь, но ведь сегодня ситуация была предельно мирная, и не надо было так себя мучить ради каких-то иллюзорных очков, добытых командой. Если эти дьяволы так рискуют собой в мирное время, то я могу себе представить, как они будут воевать. Мы, Майкл, делаем ставку на индивидуализм. В выражении сильной личности заключена идея свободного мира, у всех равные возможности, всем дается одинаковый старт. Если хочешь, проявляй волю и характер, становись сильнее своих конкурентов, никто тебе в этом не препятствует, и занимай то место под солнцем, которое ты честно завоевал в жестокой борьбе. Так устроена Америка, и так устроен человек. Начиная со времен Адама, люди не изменились. По крайней мере, в лучшую сторону.

Молодой дипломат икнул и мягко свалился на подлокотник кресла.

— Я вижу, ты полностью разделяешь мою точку зрения, — обернулся к нему Сид. — Или ты хочешь сказать, что в русских еще сохранились древние гены первобытных охотников, которые смогут убить мамонта лишь только сообща, слаженно действуя всей группой? А что, — остановился полковник, — другого объяснения я не вижу. Племя должно быть спасено от голодной смерти, и мохнатый слон должен быть убит, невзирая на его силу, мощь и последствия отчаянной схватки. Скорее всего они именно так и разделались с Гитлером и с этим... как его? Француз, Майкл! Его имя вылетело у меня из головы, черт бы его побрал! Так называется еще их знаменитый коньяк!

— Бон... бонап...

— Нет, Майкл, коньяк называется по-другому! Ладно, черт с ним! Ты уже пьян, да и мне надо отдохнуть. — Полковник направился к своей кровати. — Завтра групповые стрельбы. Надо обязательно посмотреть на этих «вольных робин гудов». Меня интересует, как они стреляют. Все зависит от нервов, наше и русское оружие примерно одинаково, и глупо думать о том, что на соревнованиях по стрельбе выигрывает автомат, а не человек... А теперь вставай, парень, из своего уютного гнездышка и иди баиньки.

Сид внимательно проследил за неверной траекторией шагов Майкла от кресла до кровати и удовлетворенно откинулся на подушку.

— Меня только одно интересует, — пробормотал он вполголоса. — Почему они засекают время по последнему финишеру из команды, а не по первому? Ведь первый, он и есть первый! Он лучший!

— Без пол-литра не разберешься, — вдруг отчетливо проговорил на русском совершенно пьяный Майкл и тут же мгновенно уснул, пуская слюни из открытого рта.

Генерал-лейтенант Василий Степанович Рукавишников без формы выглядел обыкновенным стареющим пенсионером, больше всего на свете озабоченным тем, удачно ли принялась рассада на собственном домашнем огородике. Только военная выправка, заставляющая его держать спину прямо, а живот втянутым, да еще жесткий, привыкший подчинять взгляд говорили о том, что этот человек все еще находится на военной службе.

Генерал поплавал в бассейне, погружаясь с головой в воду, отфыркиваясь и смывая с себя усталость сегодняшнего дня. Но дела еще не закончились. К нему в гости должен был пожаловать индус... или индеец... Василий Степанович некоторое время поразмышлял, как правильно произносить название этой нации, а потом махнул на это рукой. Какая, собственно, разница? Он не на дипломатическом приеме, а если возникнут трудности, то переводчик разберется, что к чему, не зря же его учили четыре года в военном институте.

Стянув с себя махровый халат, заместитель командующего ненадолго задумался. Что бы ему надеть для встречи не торжественного, но все-таки уважаемого гостя? Парадную форму? Нет, зачем, он ведь у себя дома. Будет слишком официально. Футболку и джинсы? Ну, это уж слишком... а вот обыкновенный костюм без галстука вполне сойдет. Тем более что так принимает дорогих друзей сам президент, и именно в неформальной обстановке.

Двое смуглокожих гостей в штатском, те самые, которые просили об аудиенции на трибуне сегодня днем, прибыли без трех минут девять вечера. Солнце уже давно зашло, но нагретая за день земля еще щедро отдавала тепло в окружающую атмосферу. На крытой веранде, выходящей в сад, особенно хорошо чувствовался аромат свежей молодой листвы и недавно скошенной травы.

Василий Степанович вышел на веранду ровно в 21.00, когда он закрыл за собой дверь, из его спальни послышался бой старинных настенных часов. Индусы переглянулись. Им сразу стало ясно, что их собеседник уважает свое и, значит, чужое время, поэтому является человеком серьезным. То же самое подумал о гостях и Василий Степанович.

— Прошу вас, господа, — чувствуя неловкость от подобного обращения, произнес хозяин дома и указал на небольшой, сервированный на троих столик в углу веранды. — Располагайтесь.

Василию Степановичу первый раз в жизни пришлось принимать иностранных гостей, и он похвалил себя за то, что у него не вырвалось привычное — «товарищи офицеры».

Пожилой индус улыбнулся и поднял ладонь:

— Я понимаю вас, господин генерал-лейтенант... вам удобнее было бы обратиться к нам именно так, как это было принято в Советской армии, — произнес он на вполне приемлемом русском языке.

Василий Степанович кашлянул от удивления, но сразу же взял себя в руки:

— Тем более... э... я хотел сказать, что тогда нам будет удобнее общаться. Проходите... эм... товарищи, и присаживайтесь. Сейчас принесут горячее, а пока вы успеете немного освоиться.

Старший из гостей, генерал Радж, уселся, оглянулся, посмотрел на Василия Степановича и без запинки проговорил:

— Я заканчивал Московское высшее общевойсковое командное училище имени Верховного Совета РСФСР, так что в свое время мы были товарищами, товарищ генерал.

— Вот в чем дело... — не особенно удивился хозяин дома. — Теперь понятно. И Кремль посмотрели в свое время?

— Да. Это было единственное училище в Советском Союзе, имеющее право выпуска своих офицеров на Красной площади.

— Ну что ж, это повод! Мне теперь действительно будет легче разговаривать с вами. Давайте вспомним то время, когда мы были советскими курсантами!

С этими словами Василий Иванович решительно взял со стола открытую бутылку. Тоненький ледок официальных отношений сразу же исчез. Генерал уже наперед знал, что этот вполне респектабельно выглядевший индус обязательно выпьет с ним, потому что один раз в жизни каждый курсант обязательно пробует спиртное — в день, когда он получает свои первые офицерские звездочки.

— ...Ну, что там у тебя случилось, Радж? — наконец откинулся на спинку кресла Василий Степанович. — Рассказывай... да ты ешь, не бойся, — обратился он к молодому спутнику высокого гостя. Тот как раз аккуратно отрезал тоненький ломтик малосольного огурца, наколол на вилку и принялся тщательно обнюхивать его.

Радж удовлетворенно кивнул. Он совершенно правильно выбрал линию поведения. После душевной застольной беседы, длившейся полчаса, они с русским нашли даже общих знакомых, с которыми вместе некогда или служили, или учились. Теперь Радж являлся для Василия Степановича не каким-то там незнакомым подозрительным иностранцем, а настоящим товарищем или уж, если быть честным, коллегой по цеху. Для той просьбы, которую собирался изложить индийский генерал, это имело большое значение.

— Видишь ли, Василий... — Радж немного помедлил, собираясь с мыслями. — Речь пойдет о жизнях нескольких десятков тысяч людей.

Василий Степанович невольно выпрямился в кресле и одернул пиджак. К таким заявлениям следует относиться уважительно.

— Я начну с истории вопроса, если ты не возражаешь... Это не займет много времени.

— Время у нас есть, — махнул рукой русский. — Я тебя слушаю.

Индус заговорил, тщательно подбирая слова. Иногда он замолкал и быстро что-то спрашивал у переводчика на незнакомом Василию Степановичу языке. Тот так же быстро отвечал на русском. Радж удовлетворенно кивал, повторял и продолжал дальше. Переводчик говорил с заметным акцентом, но ни разу не перепутал падежи и окончания слов.

— Граница северных штатов Индии с соседними государствами охраняется недостаточно эффективно. Это я говорю тебе, как военный человек военному человеку. Причиной тому служит гористая, труднопроходимая местность. Демаркационная разграничительная линия существует в основном на бумаге, а на деле, на местности, все пограничные отношения строятся на взаимоотношениях племен, издавна живущих по обе стороны границы. Власть обычно не вмешивается в мелкие конфликты, то и дело вспыхивающие на сопредельных землях. Старейшины разберутся с этим гораздо быстрее и эффективнее.

Василий Степанович выразительно хмыкнул, но воздержался от замечания.

— До недавнего времени так было и с народностью вичоли. Граница разделила их племя пополам, еще в прошлом веке, но вичоли не обращали на это особого внимания... Я понимаю, Василий, что тебе трудно представить похожую ситуацию. Ваши границы охраняются несравненно лучше.

— Ну почему же трудно представить... Во времена Советского Союза мы столкнулись с такими же проблемами в горной Средней Азии. Так что там с вашими... э... как ты сказал?

— Вичоли, связанные между собой родственными узами и еще не забытыми экономическими связями, практически свободно общались между собой. Они торговали, ходили друг к другу в гости без всяких виз, женились и выходили замуж. Но потом на границе мы построили электростанцию. Мы, индусы. Наши соседи не вложили в нее деньги, хотя и обещали. Каркас электростанции мы возвели, но потом закончились средства на стройку. Это иногда случается не только у бизнесменов, но и у государства.

— Знаю, — проворчал хозяин дома, скрипнув зубами.

— Недавно, когда экономика оживилась, правительство Индии все-таки решило довести дело до конца. Завезли турбины и необходимые агрегаты, сейчас на станции идут монтажные работы. Чтобы окупить затраты и получить небольшую прибыль, мы предложили соседям продажу электроэнергии по рыночным, но по вполне удобным ценам, и даже не сомневались, что нам не откажут. Нужда в электричестве в горах огромная, и этот проект был нужен обеим сторонам. Договор был составлен, обработан и готовился к подписанию. Но потом началось что-то непонятное... Та часть вичоли, что живет на сопредельной стороне, заявила свои претензии на электростанцию, мотивируя это тем, что эти земли исторически принадлежат именно им, а не индийским вичоли. Мы расценили это как провокацию и отказались от переговоров. Но вдруг недавно МИД соседнего государства передал нам следующие условия: так и быть, вичоли с «той стороны» оставляют нам свои земли, но взамен требуют бесплатных поставок электричества. В противном случае, сказали нам, с электростанцией может произойти все что угодно. Обвал, оползень, да мало ли... горы непредсказуемы. Можно было бы согласиться и на это, чтобы избежать конфликта, но ведь мы точно знаем, что эти земли принадлежат Индии!

— И вы отказались, — утвердительно произнес Василий Степанович. — И правильно сделали! — энергично рубанул он воздух ладонью. — По-моему, это больше похоже на хамство, чем на родственные отношения!

Индус неопределенно развел руками.

«Черт, куда я лезу?! — вдруг трезво подумал Василий Степанович. — Я ведь не дипломат, а военный, и могу ли я высказывать свое мнение иностранцу? Да еще так категорично?»

— Впрочем, это ваше внутреннее дело, — сказал хозяин дома. — Решайте сами, как вам будет лучше.

— За последний месяц было несколько провокаций. Пока ничего серьезного. То митингующие перекроют дорогу, то заблокируют работу техники... Это были мелкие группы, числом пятнадцать, двадцать человек, и оружия у них пока не заметили. Охрана станции справилась с этими беспорядками в течение часа, — невозмутимо продолжил рассказ Радж. — Но я уверен в том, что это только начало, работать нашим специалистам они не дадут. Кто-то грамотно руководит действиями этих якобы возмущенных несправедливостью людей. Старейшины с нашей стороны говорят, что они просто не узнают своих вчерашних родственников. Какие-то непонятные претензии, обиды столетней давности, просьбы в форме ультиматума... Конфликту явно не дают затухнуть под различными предлогами.

— Ну, подтяните туда роту охраны или две, — пожал плечами Василий Степанович. — Закройте наглухо границу на этом участке... Что, у вас войск не хватает, что ли?

— Войск хватает, — ответил Радж с еле заметным раздражением. Он глубоко вздохнул и сразу же взял себя в руки. — Не в этом дело.

Василий Иванович чуть резче, чем это надо было бы, схватил бутылку лимонада и налил себе газировки. Он молча ждал разъяснений.

— Войск у нас хватает, — повторил индус. — Но как только там появится какая-нибудь войсковая часть, так сразу в газетах появятся сообщения о том, что Индия в очередной раз начинает «играть мускулами» на границе и нагнетает напряженность и так в неспокойном регионе. Нам были бы нежелательны подобные заявления в международной прессе.

— Ну, а от меня тогда что вы хотите? — искренне удивился хозяин дачи. — Чем я-то могу помочь?

— А вы дайте нам ваших парней, — глядя российскому генералу в глаза, просто сказал индийский генерал.

— Это каких же? — прищурился Василий Степанович. Для чего понадобились на индийской границе «его парни», он уточнять не стал.

— Тех, которых я видел сегодня на соревнованиях. Мне они понравились. — Индус забрал бутылку у Василия Ивановича и отпил лимонад прямо из горлышка. Несмотря на внешнее спокойствие и ровный тон, у уважаемого гостя на висках появились мелкие капельки пота. Разговор давался ему нелегко, и, как вдруг понял Василий Степанович, Радж очень боялся отказа.

— Ты ведь не занимался... как это сказать... не ездил на коне? А, конный спорт, вспомнил! — прищелкнул пальцами индус. — Нет, Василий?

— А при чем...

— У них есть поговорка: «Прежде чем заставить лошадь перепрыгнуть через препятствие, всадник должен перебросить через него свое сердце».

Василий Иванович крякнул. Поговорка ему понравилась.

— Так вот, твои ребята все, как один, показали себя сегодня хорошими наездниками. Ни один из них не оставил свое сердце за своей спиной. Особенно вот эти, которые атаковали дом. Прекрасная альпинистская подготовка. Ловкие, быстрые, смелые... Понимаешь, Василий, я все-таки думаю, что электростанцию попытаются уничтожить, если мы не примем условия вичоли с «той стороны». Возможны диверсионные акты. Я, конечно, могу послать туда своих ребят, они хорошо подготовлены...

— Еще бы, — не удержался хозяин дома. — Насколько я помню, их до 1997 года тренировали американцы?

— Тогда России было не до нас, — тихо, но твердо произнес его собеседник, — тогда вам надо было просто выжить. Вы очень многое потеряли, в том числе и своих друзей, и мы были вынуждены искать... как это будет правильно... другую помощь.

— Маша! — вдруг крикнул Василий Степанович так громко, что даже невозмутимый индус вздрогнул. Из-за двери сразу же показалась встревоженная немолодая женщина и испуганно посмотрела на хозяина дома.

— Принеси еще водки, — хмуро приказал генерал. — Вот, гостям она понравилась...

Женщина поджала губы, молча ушла и очень быстро принесла требуемое.

Генерал мрачно, никому не предлагая, налил себе солидную порцию, выпил и смачно закусил огурцом. Потом вздохнул и поднял глаза:

— Ладно. Что было, то было. Кто старое помянет, тому глаз вон, а кто забудет, тому два.

Радж не понял смысла этой фразы, хотя и уловил значение слов. Он покосился на переводчика. Тот молча смотрел в тарелку с покрасневшими от стыда щеками.

— Мои парни не уступят твоим в подготовке. — Радж заговорил прямо, уже отбросив всякую дипломатию. — Да, да, не уступят. Американские методики не так уж плохи, Василий, и ты об этом знаешь. Но американцы не смогли научить моих парней той... эээ... тому отчаянию, что есть у русских.

Василий Степанович выпрямился в кресле.

— Отчаянности, — тихо вставил переводчик и добавил: — Отчаянность — это презрение к любым опасностям, даже к смерти, при достижении цели. Я правильно цитирую нашего преподавателя, господин генерал?

— В общем и в целом, — после паузы задумчиво проговорил Василий Степанович. — Значит, тебе понадобились мои ребята...

— Не мне. А народу Индии.

— Умеете вы говорить. Хотя хрен редьки не слаще.

Индус хмыкнул. Эту поговорку он знал.

— Твои ребята, Василий, будут резервом на крайний случай... так нам будет спокойней. — Радж помялся, преодолевая гордость, но потом все-таки решил привести последний довод, который он лично считал самым важным: — Русские не побегут, вот в чем дело.

— Хорошо! — наконец принял решение Василий Степанович. — Я доложу о твоей просьбе «наверх», и пусть там думают... Чай будете пить?

Индус незаметно перевел дух.

— И еще... мне понравилась одна твоя команда, я записал название. — Радж кивнул своему спутнику.

— Южный федеральный округ, — раздельно, чуть ли не по слогам проговорил молодой переводчик.

Глава 3

—Ну что, ребята, отметим такую удачную командировку? — Бугай качнул зажатой в руке бутылкой холодной колы, сделал огромный глоток и лениво прищурился, осматриваясь по сторонам. — Красота! Почти так же, как и наши горы. Только жарче почему-то. Даже слишком.

Трое парней российского спецназа сидели на берегу индийской горной реки, а за их спинами, между белыми невысокими скалистыми утесами, виднелся серый монолит электростанции. Честно говоря, Сергей ожидал увидеть нечто гораздо более монументальное, чем это сооружение. Как ему казалось, в один фундамент Красноярской ГЭС могло бы уместиться около двадцати подобных объектов.

Вправо и влево от плотины в холмистые джунгли уходили расчищенные просеки со стальными опорами для проводов. На левом берегу провода уже были закреплены на опорах, а на правом их еще не было. Солнце светило так ярко, что мелькающие на воде блики слепили глаза.

Несмотря на непривычные запахи джунглей и постоянные крики обезьян и попугаев, доносившиеся с холмов, спецназовцы уже давно освоились с обстановкой и приняли окружающий их мир как должное.

— Шашлык еще будешь, Бугай? А то остынет, невкусным станет.

— Да ну его... надоел. Собакам отдадим. Завтра опять привезут. А я борщ хочу. Просто постный борщик, с картошечкой и зеленью.

— Ты же сам в командировку напросился, сержант. — Сергей завозился на камне, устраиваясь поудобней. — Блин, даже камни горячие, сквозь штаны жар идет, словно от печи.

— Я не напросился, а просто не мог оставить тебя здесь без присмотра, салага! Подумаешь, занял второе место! Вот врачи с меня запрет снимут на спорт, я с тобой спарринги каждый день проводить буду, пока не уложу!

— Никаких проблем, товарищ командир отделения, — пробормотал Сергей. Он постарался проговорить эту фразу без издевки. Третий парень, который сидел вместе с ними под деревом возле речки, усмехнулся и наклонился к дымящимся угольям, чтобы Бугай не увидел его лица.

Вообще отношения с Бугаем у Сергея сложились несколько напряженные. Командир отделения не смог забыть того позорного, как он считал, спарринга, когда молодой боец, только лишь начавший службу, красиво уложил его в первом же бою. И тем более, на соревнованиях взял второе место. Бугай считал, что он сам мог бы завоевать первое.

— Видели «вертушку» под брезентом? — решил сменить тему Сергей. — По-моему, наша «вертушка». «Ми-8» вроде. На краю поселка стоит, на поляне.

— Да, «Ми-8», — проворчал после паузы Бугай. — Я спрашивал у майора. Когда-то летал здесь по-над границей, а потом посчитали, что вертолет здесь не нужен. Вот и поставили на прикол.

— М-да... сейчас вертолет не помешал бы.

— Зачем он тебе? — из вредности спросил сержант. — На своих двоих дойдешь, если что.

— Я-то дойду... мы все дойдем... но вертолет был бы нелишним.

— Начальству виднее, — хмыкнул третий парень.

— Ты же еще шевроны не пришил! — вдруг вспомнил сержант. — Непорядок! Раз тебе разрешили носить нашивки спецназа, то ты должен оборудовать форму, как следует! Все люди как люди, один ты выделяешься!

Сергей разогнулся и почесал плечо под насквозь промокшей от пота футболкой. Следы от прививок еще зудели, но, в общем, организм уже пришел в себя после ударных доз медицинских препаратов.

— Так форма-то дома осталась. Мы здесь без знаков различия ходим.

— Какая разница? — начал злиться Бугай. — Это все твои отговорки!

— Не успел, товарищ сержант. Как вернемся, сразу все сделаю, — решил не обострять отношения Сергей. Тем более что формально сержант был прав.

Вторую неделю взвод нес караульную службу в окрестностях горной электростанции. Особой нужды в этом не было, охранников хватало, но Ухтыблин внезапно озаботился боеготовностью своих ребят. Получилось так, что жить по обычному распорядку, как это было на своей базе, как-то не выходило. Спортподготовку пришлось отложить. Проводить обычные кроссы не давала изнуряющая жара, а о стрельбах и говорить нечего. Не будешь же устраивать беспорядочную пальбу на границе сопредельного государства! Да и подходящего места для стрельб не было. И, чтобы хоть как-то занять своих людей, майор, после краткой инспекции прилегающих окрестностей, выставил караулы по периметру поселка и на нескольких гравийных дорогах, ведущих к границе.

Для жилья электрикам (так была записана специальность двадцати человек в сопроводительных документах, направлявшихся в район строительства) из России выделили самый просторный барак в поселке с прохладным глиняным полом. Кондиционеры в нем работали круглые сутки. Удобства, правда, находились во дворе, но зато впроголодь молодые специалисты не жили. «Вы находитесь на полном обеспечении правительства Индии», — высокопарно заявил майору сопровождавший их молодой серьезный парень в военной странноватой форме, несколько непривычной для глаз российского офицера, и слово свое сдержал. Мяса, бананов и кока-колы хватало с избытком.

Сегодня утром командир взвода уехал в город по каким-то делам, и Бугай решил немного расслабиться, правда, без спиртного. Местное виски им было отвергнуто сразу же и без колебаний, а пиво он не пил в принципе. Поэтому ребята взяли с собой ящик ледяной колы, хороший кусок заранее замаринованного мяса и спустились вниз по камням к реке, неподалеку от барака.

— И когда только это все закончится... — пробормотал Бугаев, тоскливо смотря на бегущую воду. — Надоело уже. Жара, духота, мухи какие-то подозрительные летают, в лоб попадут, синяк будет... и делать нечего. Я-то думал, Индия! Слоны, тигры, камасутра... специально из госпиталя пораньше выписался, чтобы с вами сюда попасть. А здесь не то что слона, даже ни одной симпатичной девушки еще не видел! Все страшные, худые, закутанные... и где они только девчонок для своего кино находят?

— Обезьян-то видел? — спросил третий парень по кличке Кованый.

Бугаев с подозрением уставился на него, но лицо сына сельского кузнеца выражало только расслабленность и добродушие.

— Да что мне эти обезьяны... правда, как-то непривычно, что они не в клетках, а разгуливают по улицам, как бродячие собаки.

— Насчет девушек нас уже предупредили, — пожал плечами Кованый. — Ни-ни... не хватает еще в поселке шум из-за этого устраивать.

— Да знаю я, — отмахнулся сержант. — Дай еще колы... Сейчас бы пивка нашего, что ли, для разнообразия, да температуру убавить градусов на двадцать, вот тогда бы было самое то!

Его собеседники молчанием выразили полную солидарность с нехитрыми мыслями сержанта.

— Коровы местные мне не нравятся, — после паузы рассудительно объявил Кованый. — Какие-то они неоткормленные. Да я и пастуха ни разу не видел. Ходят себе по поселку, где им вздумается. А как вдруг украдут да съедят? А, Кубинец?

Бугаев недовольно поморщился. Он не любил, когда Сергея называли по кличке, это напоминало ему об обидном, как он считал, проигрыше в спарринге. Но делать было нечего, прозвище Одинцова быстро прижилось в отряде.

— Коров здесь не едят. Запрещено.

— Как так, запрещено?! — искренно удивился Кованый. — Они что, не люди, что ли, говядину не кушают?!

Сергей усмехнулся. Кованый вырос в небольшом ставропольском селе и с двенадцати лет уже помогал отцу по работе. Его никто не заставлял учиться на «отлично», и сам кузнец считал, что чересчур умному в кузне делать нечего.

Кованый, пораженный неизвестным обычаем, собрался было задать еще несколько вопросов и только открыл рот, как вдруг негромко зашипела рация, закрепленная на поясе у сержанта.

— Второй, Второй, я — «Лиана», прием!

Лицо сержанта напряглось, и он быстро выдернул рацию из-за ремня. Сергей с Кованым сразу же замолчали. Дозор с позывным «Лиана» располагался рядом с дорогой, ведущей к границе.

— Слушаю тебя, «Лиана», что у тебя?

— В вашу сторону со стороны границы направляются несколько машин с людьми.

— А точнее?

— Сейчас... так, три автобуса и один грузовик. В общем... э... около пятидесяти человек.

— Оружие?

— Нет, не видно, — после паузы доложила «Лиана».

— Принял. Продолжайте вести наблюдение.

Сержант убрал рацию, несколько секунд молчал, соображая, затем взглянул на часы и рывком вскочил на ноги:

— От дозора до станции около километра. Наверняка они подъедут прямо на плотину, к главному пульту. Давай-ка туда все, бегом!

«Что мы там будем делать без оружия? — подумал Сергей, изо всех сил стараясь не отстать от сержанта. — Рацию слышали все, сейчас наши поднимутся по тревоге. Ну и что? Половина людей в дозорах и секретах, а у нас с собой даже пистолетика захудалого нет».

Через несколько минут сумасшедшего бега спецназовцы выскочили на плотину и остановились, переводя дыхание, оглядываясь и оценивая ситуацию.

Возле служебного помещения, еще не достроенного и не оштукатуренного, собралась большая толпа. Дверь в помещение загораживали три человека с американскими винтовками в руках. Они испуганно озирались по сторонам. Рядом с ними размахивал руками и указывал на вход какой-то бородатый индус средних лет. Он явно призывал собравшихся смять охранников и ворваться в главный зал станции. В толпе кричали и трясли кулаками, но охранников пока никто не трогал, судя по крикам собравшихся, им пока просто предлагали убраться подобру-поздорову. На шум уже сбежались вездесущие поселковые босоногие пацаны и стали подходить остальные жители поселка. Через пять минут на плотине собралось изрядное количество людей.

Бугай вскочил на гусеницу стоявшего бульдозера и принялся осматриваться.

— Ну, и что будем делать, сержант? — спросил Сергей. — И где этот... взвод местного «вохра»?!

— Вон там они! — махнул рукой Бугай. — Не пускают их к станции, заблокировали! Кто-то грамотно командует!

Сергей вдруг увидел рядом с собой знакомого поселкового мальчишку. Босоногий пацан в грязных джинсовых шортах стоял неподалеку и ел банан, вертя головой по сторонам.

— Эй, Сомик! — окликнул он его. — Подойди сюда!

Вообще-то пацана звали Сомешвар, но для его четырнадцати лет это имя звучало чересчур солидно, поэтому ребята из взвода называли его просто Сомиком. За символическую плату, обычно за то, что оставалось на сдачу, Сомик охотно бегал на небольшой местный рынок за всякой мелочью. Пацан он был обычный, веселый и непоседливый, но предельно честный. За свои услуги брал твердые десять процентов, и ни рупией больше, какие бы деньги ему ни давали. Естественно, что, обладая таким выдающимся деловым качеством, Сомик быстро завоевал уважение всего взвода. Сергей общался с ним на английском, который обычно называют «пиджн инглиш», то есть «упрощенный английский». Знаний, полученных в средней школе, для такого общения вполне хватало.

— Что они хотят, Сомик? — спросил Сергей. — Что хотят эти люди, которые приехали сюда?

— Не хотят, чтобы электростанция работала! Они уже надоели!

— А что они будут делать?

— Сейчас сомнут охрану и ворвутся в главный зал управления! — ответил за Сомика сержант. — Этих, у входа, надолго не хватит! По ним видно, что стрелять они не будут.

Крики становились все громче. Бородатый индус схватил винтовку охранника и сильно дернул ее на себя. Охранник, щупловатый парень в рубашке защитного цвета, не захотел выпускать оружие из рук и от сильного рывка слетел со ступенек прямо в толпу. Над ним тут же замелькали поднятые кулаки.

— Это же Мурал! — вдруг завизжал Сомик. Он отшвырнул банан, выпучил глаза и с невнятным криком полез в самую середину толпы.

— Что это он? — спросил сержант, вытирая мокрый лоб. — Блин, надо что-то делать... еще немного, и они всю станцию разнесут.

— Наверное, его родственник или знакомый. Бугай, нам надо ко входу пробиваться.

Высокий женский крик раздался в толпе. Сергей вздрогнул и вытянул шею, пытаясь рассмотреть происходящее. Люди у входа расступились, и он увидел мужчину, который держал на руках худенькое тело в цветастой рубашке и грязных шортах. Ноги и руки паренька безжизненно болтались.

— Ножом ударил! — закричал Бугай. — Вон тот, в чалме который! Целил в охранника, а попал в Сомика!

— Ах ты, сволочь... — пробормотал Сергей и сжал кулаки. — Командуй, Бугай! — вдруг заорал он. — А то я сейчас один туда пойду! Хватит стоять!

— Слушай мою команду! — спрыгнул на землю сержант. — Я и Кованый идем впереди! Ты, — кивнул он Сергею, — прикрываешь спину! Ты слышал — спину! Строиться! Пошли!

В наступившей тишине, когда оторопевшие местные жители поселка недоуменно переглядывались, еще не осознавая случившегося, властный тон и приказы сержанта, отданные на незнакомом им языке, привлекли всеобщее внимание. На спецназовцев начали оборачиваться.

Сержант и Кованый решительно двинулись прямо в толпу, и люди невольно расступались перед двумя очень решительно настроенными белыми. Сергей шел сзади, ощущая холодок в спине. Ребят-то он прикроет, а вот кто прикроет его самого...

Двое рослых бойцов легко прошли несколько метров среди местных жителей, которые торопливо освобождали им дорогу, но потом натолкнулись на плотную массу приезжих.

— А ну-ка, в стороны, — негромко произнес Бугай и сделал вполне понятный жест. — Иначе... — Он посмотрел прямо в глаза невысокому индусу, стоявшему перед ним.

Тот растерялся под взглядом сержанта и обернулся к бородатому. Бородатый что-то резко крикнул, махнул рукой, и тут же кто-то из толпы замахнулся на Бугая палкой.

Спецназовец сразу же ощутил себя в родной стихии. Как работать против палки и ножа, он знал, а все остальное утратило всякое значение, в том числе и дипломатические условности.

Бугай легко перехватил руку, дернул на себя и заломил кисть нападавшего. Толстая обструганная палка описала круг, с размаху впечаталась в голову узкоплечего парня, и тот рухнул на утоптанную землю.

Бородатый снова завопил, указывая на Бугая. Приезжие зашевелились и начали обступать троих чужаков.

— Начали! — обернулся Бугай к Сергею. — Спину держи! Кованый, давай!

Такого Сергей еще не видел. Бугай и Кованый, двигаясь синхронно, шаг за шагом, тяжелыми ударами валили с ног всех, кто находился от них на расстоянии вытянутой руки. Перешагивали через упавших и шли дальше неумолимым клином, продвигаясь к дверям. Сергей несколько раз перехватывал парней, пытавшихся атаковать Кованого сзади, и легко отбрасывал их.

Чугунные кулаки русских не знали промаха, и каждый удар попадал в цель.

Настроение тех, кто готов идти до конца, во что бы то ни стало решив добиться своей цели, чувствуется сразу. А когда они еще уверены в своих физических возможностях (сержант делал девяносто подъемов-переворотов на турнике, а Кованый семьдесят), то для того, чтобы противостоять им, требуется достаточно высоко мотивированная храбрость и не менее хорошая физическая подготовка. У собравшихся людей не было ни того, ни другого. Палки и ножи оказались ненадежным оружием против тех, кто многократно отрабатывал приемы рукопашного боя. Кованый сразу же выхватил у кого-то из рук суковатую дубину и начал наносить ею жестокие удары справа налево, разбивая собравшимся плечи и руки. Иногда он очень ловко попадал большим концом дубины по болевым точкам, нижним «плавающим» ребрам и в солнечное сплетение, правда по голове все-таки старался не бить.

Через несколько секунд безжалостной рубки в толпе кто-то страшно закричал от боли, и началась паника. Невысокие худощавые люди, даже агрессивно настроенные, ничего не могли противопоставить трем рослым, очень крепким сумасшедшим белым, которые умело действовали в команде.

Видя такую решительность, очнулся от раздумий и командовавший взводом охраны офицер. Он построил своих «вохровцев» и, несколько раз выстрелив из пистолета в воздух, без раздумий пошел в наступление.

Толпа разбегалась все быстрее, некоторые уже начали запрыгивать в автобусы.

Бородатый что-то орал из кабины грузовика, размахивая руками. Потом грузовик уехал. За ним, поднимая пыль, уехали и автобусы, осыпаемые градом камней. Крики стихли. Охранники быстро выставили новый караул у входа.

Через пять минут на дамбе не осталось никого, кроме оторопевших местных, которые на всякий случай решили отойти подальше от трех бешено осматривающихся по сторонам людей.

— Вроде все, Бугай, — прохрипел Кованый и оглянулся. — Все разбежались.

— Какая-то сволочь мне хотела по яйцам заехать, — наклонившись, потер ушибленную ногу сержант. — Кубинец, ты как?

— Я нормально, только кулаки посбивал.

— Кованый?

— Пойдет. Синяк под глазом будет, это точно.

— А этот... Сомик где?

— Унесли его, Витя, — впервые назвал сержанта по имени Одинцов, — в больницу, наверное... Ну, вы и дали, ребята!

— Как на дискотеке, когда пацаном был, — усмехнулся Кованый и поморщился, облизывая разбитую нижнюю губу.

— Теперь ждите дипломатическую ноту, — ощупывая разбитые руки, сказал Сергей. — Трое пьяных русских устроили массовую драку в индийском поселке и разогнали всех жителей по углам. Хорошо хоть, никого не изнасиловали.

Кованый испуганно взглянул на него, а сержант громко выругался. Из подъехавшего «уазика» выпрыгнул Ухтыблин и уже шел к ним, недовольно покачивая головой.

Слухи о произошедшем быстро разнеслись по району. Приезжала даже полиция. Два серьезных индуса, с огромными белыми кобурами на поясе и папками в руках, ходили целый день по поселку и записывали показания, но в барак к молодым специалистам почему-то никто не зашел. Зато на базаре русским электрикам существенно скинули цены.

Ухтыблин, созвав совещание сержантов, решил усилить охрану станции и нести ее круглосуточно.

Дозор, в который попал Сергей, находился над плотиной. В больших кустах оборудовали лежаки и осторожно обрезали ветки, чтобы хорошо было видно плотину сверху. В дозоре были снайпер и два автоматчика.

После трех часов ночного бдения, когда основным средством распознавания сигналов внешнего мира являлся лишь только слух, дозорные начали уставать. Старший наряда экономил заряд на приборе ночного видения и только периодически включал его для контрольного осмотра местности.

— Давайте поспите по очереди, — шепотом распорядился Кованый. — Я первым подежурю.

Он мог бы и не говорить шепотом. Ночные джунгли жили своей полнокровной естественной жизнью. Непонятно откуда периодически слышался то чей-то отдаленный низкий горловой рык, от которого начинали шевелиться волосы на голове, то дикий вскрик животного хохота, то неожиданно вдруг начинали трещать ветки вдоль реки, которые ломало грудью не видимое в темноте крупное животное.

— Не могу я спать, — ответил ему снайпер по кличке Воробей. — Ты послушай, что в лесу творится!

— Ну и что? — прислушался Кованый. — Орет кто-то... правда, громко орет.

— А может, это тигр кого-то жрет, а? И сейчас к нам придет!

— У тебя винтовка, балбес, чего ты боишься?! Ты с пятнадцати метров в воробья из рогатки на спор попадал, а в тигра из винтовки не попадешь?!

— Так то воробей... — проворчал снайпер и с хрустом заворочался на ветках. — Змеи еще тут могут быть.

— Какие еще змеи?

— Кобры!

— Прямо «Джентльмены удачи», — пробормотал Сергей. — Слышь, Кованый, давай один будет спать, а двое дежурить. Так все-таки спокойнее. А насчет змей... я, Воробей, два ряда веревки вокруг куста положил, змея не перелезет.

— Три надо было положить!

Кованый сплюнул и потянулся за прибором ночного видения. Он удобнее расставил локти и приложил окуляры «Ворона» к глазам.

— Кубинец, а Кубинец? — после некоторых раздумий толкнул Сергея в плечо Воробей.

— Ну, чего тебе?

— А ты сыворотку против змей взял?

— Взял, взял! Если что, я тебе свою отдам!

— Да ладно, у меня своя есть, — успокоенно пробормотал снайпер, — я так, на всякий случай.

— Тихо вы! — зашипел Кованый и крепче сжал бинокль. — А ну, Воробей, посмотри в прицел на тот берег! Видишь?! Под плотиной? Обезьяны, что ли, на водопой спустились?

Воробей, уже собравшийся было спать, отбросил капюшон с головы, ловко повернулся со спины на живот и одним движением приставил винтовку к плечу. Он включил батарейку на прицеле, и его правый глаз на мгновение озарился зеленоватым бликом.

— Где?

— У самой воды, под плотиной, там полянка. Смотри на три часа. Ну?!

Воробей плавно повел стволом глушителя вправо и замер.

— Ну, что?!

— Вижу, двести метров. Это предельная эффективная дальность для моего ВСС.

— Я знаю предельную дальность! — ругнулся Кованый. — Кого видишь?!

— Я не в курсе насчет здешних обезьян, — проговорил Воробей, не отрываясь от прицела. — Но, по-моему, вещмешки они на спине не таскают... Четыре человека, Саня. Вот двое к плотине спустились... а из сторожки их не видно. От такой охраны никакого толку.

— Та-ак, — наморщил лоб старший дозора, — опять гости пожаловали. Ну, блин! Кубинец, доложи по рации на базу! Воробей, внимательно у меня!

В дозоре наступило томительное молчание. Ночные крики, доносившиеся из джунглей, больше никого не интересовали. Сергей, чувствуя, как начало быстрее биться сердце, поудобней обхватил рукоятку автомата.

— Что-то они там копаются, — тихо комментировал действия ночных гостей Воробей, — мешок развязывают... что-то вытаскивают... какой-то ящик или сверток. Эй, парни, а это не мина?

— Да хрен его знает, что там у них! — зло ответил Кованый. — Может, и мина! Кубинец, что сказал Ухтыблин?

— Сказал — максимально обойтись без «двухсотых». По возможности, в общем...

— Ясно! — выругался Кованый. — Тогда будем брать живыми! Тоже, блин, по возможности! Слушай мою команду!

Глава 4

Pано утром, когда еще солнце было скрыто за огромной горой, но его лучи уже освещали розовато-белые облака с восточной стороны небосклона, в небольшую деревеньку, расположенную от границы в шести километрах, въехал старый исцарапанный джип. Выбрасывая синий дым из глушителя, он с натугой взобрался по единственной пыльной улице почти на самый верх деревни и остановился перед домом старосты. Из машины вышли два человека. Один из них предупредительно распахнул деревянную калитку перед пожилым, одетым в национальную одежду индусом. Индус, даже не кивнув ему, спокойно поднялся по ступенькам и остановился перед дверью, которая тут же отворилась.

— Проходите, уважаемый Динеш, — тихо сказал человек, открывший дверь. Он отступил в глубину комнаты и поклонился: — Мы ждем вас.

Динеш прошел в прохладную темную комнату, в которой работал кондиционер, снял обувь и уселся на толстый ковер с подушками.

— Приведите сюда этих двоих, — распорядился он. — У меня мало времени.

— Они здесь, уважаемый господин, — снова поклонился староста. — Вот, стоят в углу. Вы просто не заметили их после солнечного света.

Динеш чуть заметно поморщился и приказал себе не торопиться. В ситуации надо было тщательно разобраться и принять правильное решение, поэтому сразу пугать этих крестьян не следует.

— Садитесь, — обратился индус к двум замершим в углу мужским фигурам. — Вот сюда, поближе. Нам надо будет о многом поговорить. И не бойтесь.

Два человека осторожно приблизились и уселись на ковер, скрестив ноги.

— Ну, рассказывайте, — кивнул гость. — Давай-ка начнем с тебя, — подбородком показал он на крестьянина, который выглядел уверенней своего товарища. — Что там случилось? Говори, только ничего не придумывай.

— Ну, Шарваж? — поторопил земляка староста. — Уважаемый господин ждет!

— Мы все сделали так, как надо, — наконец заговорил Шарваж, постоянно кивая головой в подтверждение своих слов. — Нам дали этот сверток и показали, что надо с ним делать. Я запомнил все с первого раза, это было нетрудно, но господин, который дал мне этот сверток, заставил меня несколько раз все повторить. Я повторил, а вот Ашок не все запомнил. — Шарваж осуждающе глянул на своего товарища. — Тогда этот господин начал ругаться на Ашока, а я стоял и слушал. Потом я сказал Ашоку: неужели это так сложно запомнить? Сначала вставляешь в пластилин, который завернут в фольгу, небольшие металлические цилиндрики, потом...

Динеш прикрыл глаза и приказал себе не злиться. В конце концов, он слушает не доклад профессионалов, а обычных деревенских крестьян, которые натерпелись страху и провалили самое элементарное задание. Что там было сложного? Принести мину и прикрепить ее к бетонному блоку. Все! Тебя никто не обстреливает, не ставит на пути мины-ловушки, не травит собаками при отходе... да и дорога знакомая... Сейчас, главное, не показывать свое недовольство, иначе этот Шарваж испугается, запутается и начнет врать, чтобы показать себя с лучшей стороны.

— Хорошо, — спокойно сказал он. — Твой товарищ... э...

— Ашок, — быстро вставил староста.

— Да, Ашок... он не виноват. Не думай об этом. Ты продолжай, я слушаю.

Шарваж, который уже подготовил обвинительную речь против своего бестолкового напарника, сбился с мысли и замолчал. Значит, свалить на него вину не получится. Шарваж очень боялся, что у него заберут те деньги, которые ему дали за эту пустяковую, как он считал, работу.

— Потом мы пошли в поселок. Дошли до реки и спустились к плотине. Вокруг было очень тихо. Охранники сидели в своей сторожке и не выходили. А если бы даже и вышли, то нас бы они не увидели. Я специально выбрал такое место. Там, под плотиной, куда луна не светила.

— Очень хорошо, — одобрительно кивнул Динеш, поощряя собеседника.

— Я вытащил кусок пластилина и прикрепил его к блоку.

Динеш снова кивнул, но Шарваж внезапно замолчал.

— Что же было потом? — тихо поинтересовался после долгой паузы уважаемый гость.

Шарваж закашлялся и посмотрел на старосту. Но тот отвернулся и принялся наливать чай в тонкие фарфоровые кружки.

Крестьянин лихорадочно соображал, что же ему сказать, чтобы его не обвинили в глупости и трусости и не отняли деньги. Он покосился на приезжего. От вежливого, даже слишком, приезжего господина веяло опасностью, словно от спящей кобры. Пусть она спит, но ведь может и проснуться... Шарваж это понял на подсознательном уровне и начисто отверг свой первоначальный план. Нет, уж лучше говорить правду.

— Потом раздался какой-то шум, — неуверенно начал он. — Как будто пролетела возле моей головы большая муха. Я даже услышал, как зашумел воздух.

Динеш, расслабленно слушавший нехитрый рассказ с полузакрытыми глазами, поднял голову, немного подался вперед и скрестил руки на груди, изображая самое напряженное внимание.

— Что-то ударилось о блок... нет, даже не ударилось, а как-то шлепнулось... и довольно сильно.

— Да? — удивился Динеш и взял протянутую хозяином чашку чая. — Как интересно... Постарайся вспомнить все, как было, Шарваж, — проговорил он и внезапно, повинуясь своей интуиции, добавил: — Деньги у вас не заберут. Наоборот, добавят еще, если ты ничего не приукрасишь.

— Как можно врать такому уважаемому господину? — смиренно пробормотал крестьянин и еле заметно улыбнулся. — Я все расскажу, как было!

— Так вот, что-то шлепнулось на бетон чуть выше моей головы. Я посмотрел вверх, но ничего не увидел. Никого на плотине не было. Тогда я спросил у Даярана, что он видел. Даяран стоял от меня недалеко и держал в руках мешок. Он даже не обратил внимания на этот звук. Вообще-то Даяран всегда был немного туповат, зря я согласился на его свадьбу на моей двоюродной сестре...

Динеш предупредительно поднял вверх указательный палец, и Шарваж правильно понял этот жест.

— А потом Даяран закричал. Как он жутко закричал, господин! — округлил глаза Шарваж. — И упал в воду! Я, конечно, сразу бросился к нему, чтобы помочь. Все-таки родственник...

— А ты слышал еще этот звук большой мухи, перед тем как упал Даяран? — задумчиво спросил гость и прищурил глаза.

— Кажется, да, — неуверенно кивнул Шарваж. — Врать не хочу, но, кажется, слышал.

— Что было потом?

— А потом с Джагдиша слетела чалма, как будто ее сдуло ветром. Но ведь ветра-то не было!

— Так... и что сделал... этот Джагдиш?

— Он пошел искать свою чалму. Нашел и надел на голову. А я держал Даярана за руку. Но потом она слетела опять! Я... я испугался, уважаемый! Может, духи не хотели, чтобы мы находились там?

Динеш покивал и остановил поднятой ладонью Шарважа, который хотел поподробнее рассказать об охватившем его страхе. Ночь, с людьми происходят непонятные вещи, и все это на фоне эмоционального стресса... один падает в воду и кричит, с другого падает чалма... поверить в появление потусторонней силы вполне возможно. Если бы Динеш вырос в этой деревне и находился на месте этих людей, он тоже бы испугался.

Индус принялся маленькими глотками пить остывающий чай, обдумывая ситуацию. Значит, бесшумное оружие... и хороший снайпер. А у кого может быть такая винтовка и такое умение? Правильно, у спецназа. У обыкновенного, хорошо подготовленного спецназа. Который не захотел убивать. Уже утром Динеш узнал, что раненого крестьянина вытащили из воды и в больнице извлекли из его ноги пулю. Жаль, не удалось на нее посмотреть. Эти идиоты и не подозревают, что они находились на волосок от смерти. Просто снайпер решил их пощадить. Зачем? Эта сторона вопроса Динеша не интересовала. А оружие... патрон, вместо пороха начиненный химической смесью, которая не взрывается, а горит и придает пуле скорость ниже скорости звука, поэтому и не слышно было выстрела, изначально дорогое оружие, и простой пехоте оно не выдается. А что это значит? Значит, соседи кого-то пригласили... Кого? Неужели?!

— Послушай, Шарваж, — медленно заговорил Динеш. — А что это за электрики приехали на электростанцию с той стороны? Они белые, так ведь? Вы спрашивали, откуда они приехали?

— Да, уважаемый, — ответил вместо Шарважа староста. — Все белые, все очень крепкие, и никто не видел, чтобы они работали. Около двадцати человек. Сказали, что они — русские и находятся здесь по договору с фирмой. А недавно они устроили драку в поселке с нашими людьми, которые требовали провести электричество в нашу деревню. Я никогда не думал, что мой дядя, живущий в поселке, будет против того, чтобы в моем доме тоже был свет.

— Все это происки врагов, — задумчиво проговорил Динеш. — Твой дядя забыл, где он родился, и дал себя одурманить нашим недоброжелателям. Но мы укажем ему на его ошибку. — Индус жестко усмехнулся и снова повернулся к крестьянину: — Ты видел эту драку?

— Да, господин. Я и Даяран были там. — Шарваж, поморщившись, провел рукой по скуле. — Эти белые дрались, словно сумасшедшие. Всего три человека, но они сумели...

— Я все понял, — кивнул Динеш. — Но вернемся к нашим событиям. А потом на крики твоего родственника выскочила охрана?

— Да, господин.

— И вы убежали?

— Да. Мы просто не знали, что делать. Оружия у нас не было. И мы не знали, что происходит... Простите нас, господин.

— И сверток вы там же и оставили, — вздохнул Динеш. — Вместе с Даяраном.

Шарваж покаянно опустил голову и развел руками.

— А вы не слышали звука выстрела?

— Нет, нет! Никаких выстрелов! Мы бы сразу поняли, если бы по нам стреляли!

«Значит, это русский спецназ. Кроме них, больше некому, — сделал вывод начальник контрразведки пограничного района. — Интересно... очень интересно. Опять Индия взялась за свое. Ну что же, грамотный ход. Если эти парни хорошо экипированы и вооружены, — они наверняка имеют с собой все необходимое, раз сумели ночью засечь троих лопухов и правильно определить место для засады, — то нашему руководству придется как-то противодействовать русским. Тем более что они наверняка усилят охрану. Мы должны доказать, что тверды и последовательны в своих целях, а это

2CQR
GLL
Woolwich Library

Issue summary
Patron: ETGO010****

Item : 38028012991540 , rough guide to Andalu
Due: 24/10/2018 23:59

Total number of issued items: 1
03/10/2018 11:53

Thank you for using self service

значит, что электростанция не должна работать. А кто сможет выполнить такую задачу? Наши парашютисты? Вряд ли. Здесь нужна хорошая голова командира и навыки антидиверсионной войны, а откуда они у наших головорезов возьмутся? Необходимо золотое сочетание дерзости и осторожности, а вот со вторым качеством у наших десантников дела явно обстоят неважно. А если... А что, черт возьми, чем плох такой вариант? Наши американские друзья заварили эту кашу, сами посоветовали нам подобные действия, а теперь вот пусть сами и разбираются... Логично? Да. Честно? Вполне. Значит, так и доложу шефу, а он подбросит идею «наверх». Пусть парни из-за океана поднимают свои толстые задницы и начинают действовать, а не только давать глупые советы!»

Индус почувствовал, что его раздражение внезапно улеглось. В глубине души он считал, что электричество нужно по обеим сторонам границы и что было совершенно не нужно создавать вот такую мышиную возню вокруг очень полезного проекта, но ему платили деньги не за высказывание собственного мнения, а за выполнение приказаний. Что ж, он выполнил приказ, разобрался в ситуации и подготовил свои выводы. Если его предложение пройдет... а Динеш знал, что оно пройдет, даже сам шеф морщился, когда отправлял его сюда... то тогда пусть русским спецназом занимаются американцы.

— Хорошо, Шарваж, — кивнул Динеш. — Ты очень помог мне.

Он посмотрел на часы, поставил чашку с чаем на низенький цветастый поднос, легко поднялся на ноги и сказал старосте:

— Мне пора. Постарайтесь, чтобы эту историю как можно скорее забыли. Да, и денег им дайте. Скажите, чтобы молчали. Деньги возьмите у моего шофера.

Староста молча поклонился и проводил гостя до автомобиля.

Глава 5

Тяжеловесный вертолет «Чинук», беспощадно сметая пыль с каменистой площадки своими двумя винтами, с грохотом и звоном лопастей сел недалеко от деревни. Из десантного отсека первым выпрыгнул человек в камуфляже, в солнцезащитных очках и с легким рюкзаком в руках. Придерживая темно-зеленый берет на голове, военный огляделся. Ничего интересного он не увидел. Обычная южная страна, обычные холмистые джунгли, обычное бездонно-синее небо над головой и обычное безжалостное солнце. «Зеленый берет» втянул воздух ноздрями и удовлетворенно кивнул головой. Ничуть не хуже пустыни Мохаве, где элита войск спецназа тренируется каждый год. Во всяком случае, не жарче. Не сравнить с Ираком, черт возьми... это, видимо, из-за гор, которые громоздятся на юге. А если недалеко горы, то ночью будет намного прохладней. Это хорошо.

Военный махнул рукой, давая сигнал к выгрузке, и отвернулся от вертолета, рассматривая деревеньку, стоявшую под горой. Вид убогих домишек, прилепившихся к склону, с покосившимися стенами, заделанными кое-как, где кусками фанеры, где ржавым листом железа, а где просто замазанными рассохшейся глиной, вызвал у него тоскливое чувство. Некоторые крыши были просто застланы широкими пальмовыми листьями. Где-то протяжно замычала корова, и ей тут же ответил звонкий мальчишеский голос пастуха.

«Похоже на мексиканский поселок, где я проторчал почти все лето, пока не нашел маковую плантацию, — мрачно подумал «зеленый берет», — тоска была жуткая. И здесь будет то же самое».

Он привычно подавил раздражение, закипавшее в глубине его души, и поймал себя на мысли, что с каждым разом ему все труднее это делать. Он уже потерял счет командировкам. Вот за каким чертом здесь понадобились отборные ребята из американского спецназа? Защищать интересы США? Но до ближайшей границы его страны отсюда несколько тысяч километров. Опять эти порядком надоевшие игры политиков... Ну, все, хватит! Негоже его парням видеть командира мрачным и расстроенным, это грозит падением морального духа подчиненных.

Так, а где же встреча? Где местные жители, восторженно встречающие американцев? Но радостной толпы «зеленый берет» не увидел. Он хмыкнул и сплюнул на каменистую землю жвачку.

Те времена давно прошли. И, не надо себя утешать, уже не вернутся. По чьей вине? Этого американец не знал. То есть догадывался, но вбитые в него рефлексы солдата в очередной раз сразу же отсекли возможные рассуждения на этот счет. Не хватало еще распускать сопли, задавая себе — только себе, а не руководству — неудобные вопросы типа того, почему Америка проигрывает одну войну за другой. И дело не в качестве людского материала, уж в этом-то командир группы американского спецназа был уверен. А в чем тогда? «Потом, потом», — отбросил неудобные вопросы «зеленый берет», вспоминая свой уютный домик с бассейном под навесом, свою дочь-подростка, уставшую жену и калеку однополчанина, вместе с ним прошедшего Афганистан. Сэм пьет и с каждым днем становится все нетерпимее. Он поморщился, отгоняя неуместные воспоминания, привычно заломил берет, поправил очки и, прищурившись, стал наблюдать за выгрузкой своих парней.

Молчаливые крепкие молодые люди сноровисто, за какие-то пять минут, вытащили из вертолета огромную кучу вещмешков и ящиков, окрашенных в защитный цвет, и свалили их в кучу на краю площадки.

— Выгрузка окончена, сэр! — рявкнул в ухо задумавшемуся командиру огромный негр с очень белыми зубами. Двигатели вертолета гудели, и командир не расслышал его шаги.

«Да чтоб тебя, черная обезьяна!» — вздрогнул «зеленый берет» и прикрыл свое замешательство привычным жестом военного, поправлявшего куртку и ремень с тяжелым пистолетом.

— О'кей, сержант, выставьте охрану. Будем ждать машину. Должна же быть машина в этом богом забытом месте?!

— Есть, сэр! — козырнул сержант и, оглянувшись, добавил: — Я бы не отказался принять душ. Жарковато в этой дыре, как вы считаете?

— Забудь о душевой кабинке, Джон. Скорее всего тебе придется принимать ванну. В мутной теплой воде вместе с крокодилами. Когда придет машина — вон там, на дороге, что-то пылит... по-моему, это грузовик за нами, — то биотуалеты загрузите сверху и сразу же установите. Не хватает нам еще всяких инфекций.

— Есть, сэр! — снова откозырнул негр и развернулся к своим подчиненным: — Пошевеливаемся, пошевеливаемся! Длинный и Кот, на охрану периметра! Туда и туда! — махнул сержант рукой. — Оружие применять без предупреждения, если заметите непосредственную угрозу своей жизни! Америка вас не забудет!

Командир американских «зеленых беретов» почувствовал, что ему уже стало все порядком надоедать. Он очень кстати вспомнил, что в рюкзаке лежит фляжка с отличным виски, и эта мысль принесла ему некоторое успокоение.

Сергей лежал на койке и читал. Теперь у него появилось занятие. Каждую свободную минуту он учил английский. Когда-то, как и все мальчишки, имевшие гитару, он наизусть заучивал песни великих музыкантов, а потом играл их во дворе в своей компании. Все шло замечательно, и Жанна, красивая девочка с огромными глазами, всегда садилась поближе к нему. Ради нее Сергей особенно тщательно тренировал чисто английское, как он считал, произношение. Но потом случилась неприятность. Сейчас этот случай вызывал у Сергея только улыбку, но тогда, в пятнадцать лет, ему показалось, что произошла катастрофа.

Как обычно, он прекрасно и особенно проникновенно исполнил вновь разученную песню, чувствуя на себе влюбленный взгляд Жанны. А девчонка, новенькая девчонка, которая недавно переехала к ним в дом, внезапно громко засмеялась прямо в середине припева. Сергей прижал струны ладонью и холодно поинтересовался, в чем, собственно, дело. Статус всеобщего любимца давал ему на это полное право.

— Извини! — Противная новенькая перестала смеяться, но неприятная улыбка все еще блуждала на ее лице. — Ты просто не знаешь языка. Вот это слово в припеве... если его произносить немножко длиннее, то оно обозначает, что и должно обозначать — «пляж». А если говорить его коротко, то на сленге оно обозначает девушку... как это сказать... в общем, оно означает — «сука».

Тогда засмеялась даже Жанна. Это было полное фиаско.

С тех пор Сергей дал себе слово, что не возьмет гитару в руки, пока не будет знать смысл того, о чем поет. Через год после упорнейших занятий, к своему немалому удивлению, он уже мог читать Джека Лондона почти без словаря. Родители не догадывались о причине его увлеченности лингвистикой и были очень разочарованы, когда Сергей наотрез отказался поступать в иняз.

Ну, а сейчас он быстро и успешно восстанавливал полузабытые навыки. Во всяком случае, у него получалось незамысловато шутить на базаре с полным смешным индусом, который готовил под навесом в огромной глиняной печи отличные лепешки.

— Эй, Кубинец! — В дверях барака появился силуэт дневального.

— Чего? — с неохотой повернул голову Сергей, еще надеясь, что ему не придется вставать.

— Там Сомик пришел, тебя спрашивает! — сказал дневальный и сразу же прикрыл дверь, чтобы не выпускать драгоценную прохладу от кондиционера на улицу.

Сергей вздохнул, отложил книжку и поднялся. В барак, где жили «электрики», не заходил никто, так что всех гостей приходилось встречать за порогом.

Он вышел на улицу и поморщился. Жара стояла несусветная. Даже куры попрятались в тень. Только двое полуголых, закутанных в покрывала стариков, бритых наголо и обутых в сандалии, шли к реке, чтобы совершить традиционное омовение. Неумолимое раскаленное солнце, зависшее еще довольно высоко над западными предгорьями, ощутимо навалилось на Сергея своими тяжелыми жаркими лучами.

— Пойдем в тенек, вот сюда, — взял он мальчишку за руку. — Там и поговорим.

— Привет, Кубинец! — блеснул зубами на загорелом до черноты лице Сомик. — Как ты?

— Все хорошо, — вздохнул Сергей. — Как твое здоровье?

— Я чувствую себя прекрасно, — объявил мальчишка и задрал рубашку на животе: — Смотри!

На впалом худом смуглом торсе Сергей увидел марлевый квадратик, приклеенный скотчем.

— Врач сказал, что скоро заживет. Только купаться пока нельзя, — огорченно проговорил Сомик и осторожно потрогал марлю.

— Ну, вот и хорошо, — искренне порадовался Сергей, — а я уж думал...

— Нет, ничего страшного не случилось. Я просто испугался тогда. — Сомик шмыгнул носом и виновато посмотрел на Сергея.

— Бывает, — махнул рукой Одинцов. — Не ты один испугался. Ну, что у тебя? Я поспать хотел.

— Нельзя спать в это время! — снова улыбнулся Сомик. — Так можно и всю жизнь проспать!

— Разбаловали мы тебя. Будешь ты меня еще учить, — проворчал Сергей на русском. — Болтаешь слишком много... по заднице бы тебя ремнем, пацан.

Несмотря на незнакомый язык, мальчишка понял его и, ухмыльнувшись, показал пальцем на север:

— Там американцы приехали, в деревню с той стороны.

Сергей нахмурился, соображая:

— Как ты сказал? Американцы? В деревню?

— Да.

— Ну и что?

— Ты дурак, Кубинец, — произнес Сомик серьезно. — Эти американцы военные, у них оружие. Их видел мой двоюродный брат, а потом и я, мы вчера с сестрой ходили к дяде в гости.

— Да мало ли кто приезжает в деревню, — неуверенно пробормотал Сергей. — А сколько их? — вдруг спохватился он.

— Тоже двадцать человек. И половина из них — негры.

— Та-а-ак, — задумчиво потер подбородок Сергей. — И все имеют при себе оружие?

— Да. И большие рюкзаки, вот такие, — развел руками Сомик. — Они живут отдельно, так же, как и вы, но только они никому не дают денег. Еще у всех есть береты. Зеленые. А меня они назвали «маленькой прыткой обезьянкой».

— Зеленые береты, говоришь?

— Да. Такие красивые.

Одинцов выпрямился на лавочке, и расслабленное состояние слетело с него в одно мгновение.

«Это по нашу душу, — отстраненно подумал он. — Со спецназом США я еще дел не имел. Как, впрочем, и с остальными тоже... Наверняка схлестнемся. Ведь не просто так они здесь появились. Видимо, на обыкновенных крестьян уже надежды нет. Сомику только нельзя показывать, как все становится серьезно. Да и тем более его это не касается».

— Ну, не очень-то они и ошиблись, — усмехнулся Сергей, оглядывая Сомика. — Действительно, шустрый паренек.

Мальчишка нахмурился и показал ему язык:

— Я тебе сказал, что знаю, а теперь ты думай сам... Тебе что-нибудь принести с базара?

— Принеси пару сладких лепешек... Вот, возьми. — И Сергей вытащил из кармана несколько монеток. — А ты нашего старшего не видел?

— На кухне он, повара учит готовить... как же она... охроша, вот!

— Окрошку, — пробормотал Одинцов. — Знаю, ребята сегодня просили окрошку, соскучились... Тогда беги пока, а если что новое узнаешь, приходи.

— Маленькая прыткая обезьянка не забывает, кто ей помог, — усмехнулся Сомик. — Я приду еще. Увидимся!

Сергей действительно нашел майора на кухне. Картина, которую он увидел, была довольно забавной. Ухтыблин, нацепив белый передник поверх камуфляжных штанов, в майке-тельняшке, что-то сноровисто резал большим ножом на разделочной доске, а повар, большеглазый тихий индус, сидел в уголке на стуле и не двигался. На кухне гудели вытяжные вентиляторы и вовсю работал кондиционер.

— Да что это за народ такой? — Майор оглянулся на Сергея и продолжил свое занятие. —

Попросил его кефир принести, так он буйволиную сметану приволок. Такая густая, как масло... пришлось водой разводить... а кваса тут и нет, конечно. Попроси его квасу принести, так он лимонад притащит. Вот, посадил его в угол, чтобы под ногами не путался. Что у тебя?

— Сомик сообщил, что ходил к своим родственникам через границу и видел там американцев.

— Ну и что?

Сергей покосился на повара, затем подошел к майору и прошептал ему пару слов на ухо.

Майор замер с ножом в руках. Индус тревожно вытянул шею.

— Надо сходить, посмотреть, — сказал после паузы Ухтыблин и снова начал резать зелень. — Пойду я, ты и... Воробья возьмем. Много людей не надо. Завтра к четырем утра быть готовыми к выходу. С собой иметь полный боекомлект. Бронежилеты и каски не бери. Обойдемся.

Одинцов ушел, а майор доделал все необходимое, вымыл руки и жестами растолковал повару, что кастрюлю с неизвестным ему блюдом нужно поставить в холодильник. Затем отправился в расположение взвода.

Подходя к бараку, он увидел незнакомого мужчину в шортах и цветастой рубахе, в панаме и сандалиях, который шумно спорил с дежурным у входа. В руках незнакомец держал объемистую синюю спортивную сумку. К своему некоторому удивлению, Ухтыблин услышал родную речь, замедлил шаг и прислушался.

Судя по некоторому накалу разговора, мужчина что-то требовал от бойца.

— Да сколько раз можно тебе говорить — свой я, свой! Хочешь, паспорт тебе покажу?!

— Не нужен мне твой паспорт. Не положено проходить, — меланхолично ответил дежурный, здоровый парень по кличке Сирота Казанская, бывший кандидат в мастера спорта по штанге.

— Да что же вы такие все упертые, — огорченно пробормотал незнакомец. — Да свой я! Летчик! То есть вертолетчик! Летаю здесь в районе! Узнал, что свои ребята здесь появились, вот и решил забежать в гости! Хоть со своими поговорить. Вот, — качнул он сумкой, — взял, так сказать, все для этого необходимое... а ты меня не пускаешь!

— Не положено, летчик-вертолетчик, — вздохнул Сирота. — Здесь же не дискотека. Да и шел бы ты отсюда. А то сейчас наш майор придет, и мне еще влетит из-за тебя.

— Майор? — обрадовался летчик. — Вот и давай своего майора сюда! Хоть с нормальным человеком пообщаюсь!

Ухтыблин кашлянул и подошел ближе.

— Товарищ майор, — выпрямился Сирота, — за время дежурства происшествий...

Ухтыблин махнул рукой. Незнакомец обернулся. На майора глянула добродушная, чисто русская, чуть полноватая, загоревшая до черноты физиономия с голубоватыми глазами.

«Да, летчик, — определил майор. — Лицо только в середине загорело, а по краям кожа бледная, видно, что в шлемофоне летает. Ну, и страшная же у него рожа... как будто маску нацепил».

— Документы, — протянул он руку. Взял паспорт в твердой коричневой обложке, открыл его, внимательно прочитал, осмотрел мужчину еще раз с ног до головы, задумчиво почесал краем обложки нос и хмыкнул:

— Ладно, пойдем, Сергей Павлович... поговорим.

— Как ты обратно полетишь, Серега? — спросил майор и зачерпнул ложкой густую коричневую массу из стоящей перед ним тарелки. Прожевал, поднял глаза и сказал: — Неплохо. Островато, правда... но сытно. Это что?

— Местное блюдо, — отмахнулся летчик первого класса Сергей Павлович Разумовский. — Бобы, крапива, чеснок, шафран... но другой закуски здесь нет. Знал бы ты, Иваныч, как я соскучился по жареной картошечке... эх! Давай еще по одной, что ли?

— Давай, конечно, — согласился майор. — Ты нормально? В кювет не улетишь?

— Я не улечу, — засмеялся летчик, — сам других учу летать! Нет, местные ребята неплохие, но они не наши. Да и водку почти не пьют. Скучно бывает, Иваныч... я ведь один здесь. Тренирую индусов. Иногда ловлю себя на том, что даже на хинди начинаю ругаться. Совсем одичал.

— Понимаем, — ответил на манер киногероя

Сухова майор. — Индусы, говоришь... Ха! Наливай!

— Я, Иваныч, как услышал, что на электростанцию русские приехали, так сразу подумал: оказия будет, непременно к своим заскочу, — сказал летчик, деловито разливая водку по кружкам. — А получается, вы совсем не электрики... Ну, это мы понимаем... служба!

— Как это, мы не электрики? — удивился Ухтыблин. — Да любой из моих ребят тебе лампочку за две секунды поменяет...

Разумовский засмеялся, с удовольствием глядя на майора.

— Я все понял, Иваныч! А хочешь, я тебе сюрприз сделаю? А? Эх, черт, для своих ничего не жалко! — Он махнул рукой, встал и направился к своей сумке, стоявшей в углу на табуретке. Осторожно, словно мину, вытащил какой-то продолговатый предмет, тщательно завернутый в холщовую чистую тряпицу, и поднял его перед грудью двумя руками.

— Сало, Иваныч.

— Ух ты, блин! — искренне удивился майор. — Сало?! Откуда? Ну, ты даешь! Да оно же здесь пропадет!

— Сало здесь не пропадет! — опять громко рассмеялся Разумовский. — Не успеет!

Он подошел к столу, положил на него сверток и принялся его разворачивать, стряхивая крупинки соли с чистой тряпки.

Майор втянул ноздрями воздух:

— Как пахнет... красота! Где же ты его взял?

— Сегодня утром экипажи в Кардине менялись, вот ребята и привезли подарок из дома. Ну что, попробуем?

— Конечно!

— Подожди, не ешь... сейчас я налью... вот так. Ну, за Родину!

— За нее, родимую, — пожевав кусочек лакомства, сказал майор. — Действительно, сало. Вкусное!

— Слушай, Иваныч, — вдруг трезво глянул на него Разумовский, — а мы нигде не виделись?

— Вряд ли, — пожал плечами Ухтыблин. — Ты — гражданский летчик, а я — сухопутный военный. Где мы могли видеться?

— Я не всегда был гражданским летчиком, — задумчиво сказал Разумовский, покачивая кружку в руках. — Я был военным вертолетчиком, Коля, пока по здоровью не перевели в гражданский флот.

Ухтыблин выпрямился и вгляделся в собеседника. Разумовскому показалось, что тень узнавания мелькнула в его глазах, но тут же и исчезла.

— Не помню, — покачал головой майор, — ты уж извини.

— Когда ты сказал — «ух ты, блин»... Где же я это слышал, а? Где, Коля?

— Не забивай себе голову, — поднял кружку майор. — Мало ли где. Выпьем?

— А, давай! — азартно подхватил Разумовский. — Действительно, мало ли где мог услышать!

Ранним утром, когда на пыльные улицы поселка еще не выгнали кур, а лесные пернатые только начали оживать в своих гнездах, отряхиваться ото сна и оглушительно чирикать, из барака вышел русский «электрик». Он широко зевнул, не прикрываясь ладонью, и лениво покрутил головой по сторонам. Краешек солнца только поднимался из-за горы. Легкие перистые облака висели на западной стороне небосклона, словно приклеенные детские рисунки. Подножия лесистых холмов лежали в сумерках, которые светлели буквально на глазах. Парень вдохнул свежий, еще не нагревшийся воздух и с надеждой всмотрелся в облака, определяя, нет ли в них грозовой темноты. Но облака были белы и обещали быстро растаять в лучах жаркого южного солнца. «Электрик» вздохнул и спустился с крыльца. Он неторопливо взобрался на холм, который возвышался над поселком и с которого была видна электростанция, осмотрелся еще раз и вытащил из кармана широких штанов рацию.

— Чисто, — доложил он хрипловатым со сна голосом. — Можете выходить.

Дверь барака распахнулась, и из нее быстро вышли три фигуры в пятнистой форме с рюкзаками и автоматами. Когда троица огибала холм, то последний боец оглянулся на дозорного и махнул ему рукой. «Электрик» кивнул и, перед тем как группа исчезла в джунглях, торопливо и неумело перекрестил их вслед.

Зайдя под кроны деревьев, спецназовцы спугнули стайку тревожно закричавших мартышек, которые сразу же унеслись, стремительно прыгая с ветки на ветку. Под зашумевшей листвой затрещали попугаи. Майор покачал головой и недовольно покосился на своих бойцов, прижав палец к губам. Сергей пожал плечами, а Воробей живо изобразил молчаливую пантомиму, долженствующую означать, что он готов хоть сейчас перестрелять всех обезьян, которые окажутся в пределе досягаемости его винтовки. Ухтыблин показал ему кулак, и Воробей «замолчал». Майор сразу же взял от реки круто вправо. Сергей переглянулся с Воробьем, и оба одновременно вздохнули. Ну, конечно... не пойдешь же напрямик по тропе, чтобы потом, километра через два, подойти к мосту, на котором стоит пограничный пост. Придется идти в обход и переходить реку вброд в каком-нибудь подходящем месте. Эх, спецназ... все ножками и ножками.

В джунглях становилось жарко. У Сергея под плотно повязанной банданой зачесался лоб. По приказу майора спецназовцы облачились в привычные грубые «горки», потому что легкую тропическую форму командир отверг сразу. Лучше уж попотеть, справедливо рассудил он, чем порвать одежду или получить укус от какой-нибудь тропической дряни, которая насквозь пробьет тонкую ткань.

На головы бойцы накинули капюшоны, чтобы максимально прикрыть шею от укусов. Прочные берцы защищали голень как раз до середины, то есть до той предельной высоты, на которую могла ужалить змея.

Спустившись в низинку, гудевшую от звона комаров, и перейдя мелкий ручеек вброд, майор остановился и вытащил навигатор.

Сергей заглянул через плечо командира. Ухтыблин сосредоточенно всматривался в экран навигатора, который различными цветами, начиная от нежно-зеленого и кончая коричневым, обозначал высоту холмов, постепенно переходивших в горы. В самом центре экрана мигала черная точка. Вот Ухтыблин поднял голову и осмотрелся, стремясь поточнее привязать свое местоположение к ориентирам на местности. Когда он повернулся, то проекция на экране также сдвинулась, точно указывая то направление, в котором смотрел командир.

— Смотрите сюда, — негромко проговорил Ухтыблин, поднимая на ладони «умный» прибор. — Мы сейчас вот здесь. Вот точка в середине, видите? Вон там находится водораздел, — показал он подбородком перед собой. — Пара километров. Мост должен быть вот здесь, — осторожно ткнул майор пальцем в экран, — а мы выйдем к реке немного выше. Переправимся и окажемся вот у этой горки, деревня прямо за ней.

Воробей крякнул, а Сергей опасливо покачал головой.

— Да не бойтесь вы, — нетерпеливо дернул щекой Ухтыблин. — В этом месте на реке перекаты. Слишком мелко для крокодилов. Да и вообще, здешние крокодилы на людей не нападают. Я тут собрал кое-какую информацию.

— Это они на местных не нападают, — пробормотал Воробей. — Что с них взять, они невкусные.

— Ну, конечно, в этот час и в этом месте там соберется масса аллигаторов на изысканный обед, — проворчал Ухтыблин. — Целых три спецназовца на закуску!

Воробей возмущенно отвернулся, а Сергей ответил майору задумчивым взглядом. Ухтыблин крякнул от досады. Честно говоря, он и сам несколько побаивался переправы, но это, как он считал, была обычная реакция на неизвестную опасность, с которой можно и нужно справиться. Только вчера его клятвенно заверили, что за последние шесть лет в округе не было ни одного случая нападения крокодилов на людей.

— Без паники, орлы, — вздохнул он. — Я пойду первым, конечно.

Кубинец и Воробей переглянулись.

— Места здесь глухие, и пограничников практически нет. Все местные знают друг друга в лицо. Есть пара патрулей, они для проформы проходят по водоразделу раз в день и несут службу на пограничном мосту, собирая законную дань с контрабандистов. Но это не дает нам права быть кем-то замеченными. Впрочем, как и всегда.

— Понятно, — тихо сказал Сергей.

— Действовать, как в боевой обстановке. И помните — меня могут в любую секунду убить, поэтому я и сориентировал вас на местности. Воробей — старший в случае чего.

Эмоциональный Воробей не стал убеждать командира, что тот еще проживет сто лет. Он только сосредоточенно кивнул и поправил винтовку за плечами.

Три человека, одетых в застиранные светлые «песчанки», неторопливо брели по грунтовой дороге, извилисто кружившейся вдоль массивного лесистого хребта. Пограничники перебросили ремни винтовок через грудь и поместили оружие за спину, что было удобно при ходьбе, но было не очень удобно при изготовке к немедленному бою. Их ленивая и шаркающая походка показывала, что они выполняют надоевшую, рутинную работу и совершенно ничего и никого при этом не опасаются.

Иногда дорогу перебегали обезьяны. Сначала из леса выходил вожак и осматривался. Если он замечал людей, то останавливался и ждал, пока не пройдут знакомые ему особи, которые всегда появляются на этой дороге всегда в одно и то же время и всегда в одном и том же количестве. Никто из пограничников не смотрел в глаза вожаку. Зачем затевать скандал на ровном месте, да еще в такой жаркий день? В свою очередь, вожак, как благовоспитанная горилла, также смотрел в сторону, всем своим видом показывая, что он не собирается вмешиваться в людские дела.

Группы благополучно расходились, и каждая направлялась по своим делам.

Полноватый молодой парень с круглыми щеками и тонкими усиками над выпяченной верхней губой остановился в тени нависших над дорогой веток, вытащил несвежий платок из кармана и вытер им шею.

— Куда мы так торопимся? — пробормотал он. — Как жарко... Такой жары еще в этих местах не было.

— Не задерживай, Мостафа, — ответил ему через плечо пограничник постарше и неодобрительно посмотрел на товарища: — Каждый раз одно и то же. То тебе жарко, то тебе холодно!

Третий пограничник переглянулся с Мостафой, сделал сочувствующее лицо, развел руками, похлопал его по плечу, обошел парня и двинулся за старшим наряда.

— Послушай, Амит! — обратился Мостафа к широкой костистой спине командира. — Давай остановимся хотя бы на пять минут! Ведь тебе и самому жарко! А я пока за водой сбегаю. И тебе платок намочу.

Амит недовольно дернул плечом, но остановился. Река здесь недалеко. Все-таки племянник мужа сестры... не хватает еще скандалов с сестрой... мол, совсем замучили парня, даже воды не даете попить... да и жарковато сегодня, в самом деле. Можно сделать перерыв.

Он осмотрелся. Да, вон там удобное местечко. На камнях в тени можно посидеть, пока этот увалень не принесет полную флягу воды.

— Давай беги, — проворчал Амит. Он уселся на камень, предварительно внимательно осмотрев его, затем стащил винтовку через голову и с кряхтеньем разогнул спину.

— Я мигом! — обрадовался Мостафа.

— Смотри там, осторожнее, — для проформы сказал старший наряда. — Мало ли.

— Да сколько раз я там рыбу ловил! — на ходу проговорил Мостафа, ощупывая рукой фляжку на поясе. — Там же мелко, перекаты! Ничего страшного.

Он оглянулся, вспоминая направление, определился и сошел с дороги в джунгли в промежуток между кустами.

Майор знаком остановил вышедшую к реке группу и принялся осматриваться, ища сухую переправу.

Река в этом месте, плавно несущая свои воды под нависшими над ней сплетенными кронами деревьев, вытекала на более мелкое, широкое и каменистое ложе. Из быстро бегущего потока выглядывало множество камней, вокруг которых шумела и пенилась вода.

В нос ударила речная свежесть, отдающая запахом рыбы.

«Так, — прикинул Ухтыблин, — пройти в принципе можно. Вон там и там... попрыгать по камешкам... нашим не впервой... камни вроде сухие, не поскользнемся. Главное — это сейчас наметить путь, чтобы потом, при переправе, не думать, куда поставить ногу, иначе свалишься в воду. Ага, ну вроде есть дорожка... и вокруг никого, глухое местечко, то, что надо... Ну, что, идем?»

— Я иду первый, — прошептал он на ухо нагнувшемуся к нему Сергею. — Потом Воробей. Потом ты. Готовы? Пошли!

Старый крокодил, которого издавна индусы называют «магера», приплыл на перекаты в надежде на крупную дичь. Змеи и черепахи не утоляли его постоянного голода. В этом году из-за непривычно жаркой погоды задерживалась миграция парнокопытных, но мозг крокодила не в состоянии анализировать и связывать факторы климата с передвижением животных, поэтому он не смог бы оформить свою мысль, как человек. Зато он обладал мощным инстинктом, который говорил ему о том, что вскоре на этом участке реки появится пища.

«Магера» занял удобную позицию чуть выше перекатов и принялся ждать.

Мостафа, вспотевший и исцарапанный, вышел к реке и остановился, вытирая лицо уже изрядно мокрым платком. Он стащил винтовку и швырнул ее под ноги в густую прибрежную траву. Винтовка давно натерла ему спину каким-то угловатым выступом, спина чесалась прямо в середине позвоночника и начала уже побаливать. Мостафа посмотрел на часы. А что? Можно и искупаться! Он быстро, только разденется до пояса и ополоснется... Да, вот там, в десятке метров от берега, чистая вода призывно журчит на перекате, можно даже снять обувь и постоять в прохладной струе. Амит подождет несколько минут, ничего страшного. Как душно сегодня! Маленький отдых ему не помешает.

Пограничник быстро разулся, снял куртку и майку, прошептал молитву от злых духов и крокодилов, внимательно осмотрелся и лишь затем шагнул в воду.

Он плескался в воде, щедро брызгая ее себе на грудь, плечи, лицо, фыркал, плевался и испытывал наслаждение.

Наконец Мостафа разогнулся, вытер лицо мокрыми ладонями и развел руки в стороны, сладко потягиваясь и блаженно обводя взглядом красивый, умиротворяющий душу пейзаж.

Он посмотрел на чистое небо, потом на ветки деревьев, которые шевелил несильный ветерок, а когда опустил глаза еще ниже, то увидел, как какая-то фигура, ловко балансируя, размахивая руками, быстро перебегает реку по камням в самом мелком месте.

Незнакомец уже скрылся за речным поворотом, а пограничник все еще стоял по колено в воде с выпученными глазами.

Он успел лишь отметить, что человек был одет в темно-зеленый камуфляж, что он был вооружен и что он не был индусом.

Сверхчувствительный слух «магеры» сразу же уловил чужеродные шумы в воде, совсем не похожие на шум воды, бьющейся об камни. Такие звуки могло издавать только животное, пересекающее реку. Какое именно, рептилию не интересовало. Хищник был голоден.

Крокодил сдвинулся с места и, помогая себе хвостом, быстро заскользил вниз по течению. Он уже заметил чей-то силуэт на середине переката. Опыт охотника подсказал ему, что он должен отрезать жертве возможный путь отступления, и «магера» инстинктивно выбрал себе направление между добычей и берегом, как раз там, где не было камней.

Мостафа увидел крокодила. Огромная рептилия неслась на него сверху, ускоряя движения мощными ударами хвоста.

Пограничник сразу же все понял. Он понял, что безоружен и что является легкой и беспомощной жертвой. Крокодил неотвратимо приближался к нему. Амит останется без воды.

Хищник и человек встретились взглядами.

И тогда Мостафа закричал.

Он закричал так жутко и так страшно, что с недалеких деревьев суматошно сорвались в небо попугаи, а стайка пятнистых серн, осторожно пробиравшаяся на водопой, развернулась и понеслась обратно в лес, не разбирая дороги.

Казалось, сама вода замерла на мгновение от этого крика.

«Магера», учитывая скорость течения (он вырос на этой реке), немного подправил хвостом свое четырехметровое тело, чтобы удобнее было хватать добычу за конечности, и изготовился к последнему броску.

Перебегая по камням шумящий и заливающий берцы поток, Сергей успел заметить внезапно возникшую фигуру человека на середине реки. Откуда он взялся, Кубинец не имел понятия. Все его внимание было занято тем, чтобы как можно быстрее переставлять ноги, преодолевая переправу, и не свалиться при этом в воду. Осматриваться по сторонам не было никакой возможности. Сергей от души понадеялся на то, что этот толстоватый парень с отвисшим животом зашел в реку с целью совершить традиционное омовение и что ему просто не будет ни до кого дела.

Перескочив на другой берег, он бросил взгляд назад, но парня уже скрыл густой прибрежный кустарник.

«Хрен с ним, — подумал Кубинец, ныряя под ветки. — Кому и что он расскажет? Да и будет ли рассказывать? Подумает, что показалось... Хрен с ним, пусть живет!»

Он уже различил стоящую под деревом фигуру Воробья и только собрался подбежать к нему, как вдруг джунгли сотряс такой отчаянный вопль, что Сергей непроизвольно развернулся и метнулся обратно к берегу.

Мостафа, стоя в воде, вопил страшно и обреченно, указывая двумя руками на приближавшуюся смерть.

Сергей выскочил из кустов с уже готовым к бою автоматом.

Первая пуля пролетела мимо крокодила, взбив фонтанчик в воде прямо перед его носом. Но зато это видимое попадание облегчило дальнейшую прицельную стрельбу, несмотря на колотящееся сердце и слегка дрожащие руки после перебежки.

Нелегко стрелять, тем более из положения «стоя», после резкого старта, когда легкие еще не наполнились живительным кислородом.

Кубинец выругался, мигнул и задержал дыхание.

Второй и последующий выстрелы были более удачными. Сергей не имел понятия, где у крокодила находятся жизненно важные органы, но он искренне верил в свое оружие.

И оно его не подвело.

Горячие пули врывались в тело «магеры», начиная в нем свое смертоносное «броуновское движение». Раскаленные куски свинца не сразу пробивали рептилию насквозь. Они крушили его тело изнутри, подчиняясь законам физики, отлетая рикошетом от жестких костей и разрывая в клочья более мягкие ткани.

Через несколько секунд крокодил потерял ориентацию в пространстве, глаза его погасли, морда погрузилась в воду, а мощное тело, содрогаясь от попаданий, безвольно потащилось вниз по течению.

После первого же выстрела Мостафа замолчал и выпученными глазами наблюдал за смертью крокодила.

Сергей опустил оружие.

Туловище «магеры» зацепилось за дно, и крокодил тихо прислонился своей головой к дрожащим ногам индуса.

Сергей и Мостафа посмотрели друг на друга.

Мостафа поклонился, сложив перед собой ладони.

— Должен будешь, — тихо сказал Кубинец, и Мостафа, ни слова не понимавший по-русски, поклонился ему еще раз.

Не успел Сергей поставить автомат на предохранитель, как кто-то крепко ухватил его за рукав и затащил под куст.

— Ходу отсюда, — прошипел майор, — потом разрядишь оружие! Черт возьми, ну, вот откуда этот идиот взялся?!

— Я не видел, — виновато пробормотал Кубинец, забрасывая ремень автомата на плечо.

— То, что не видел, — это простительно, я тоже его не заметил! Ладно, пошли! Будем все-таки надеяться, что в этой глухомани никто не придаст значения двенадцати одиночным выстрелам, — уже спокойнее проговорил Ухтыблин на ходу, уворачиваясь от мешающих ему веток. — Здесь все-таки не заповедник.

Сергей выругал себя. В азарте стрельбы он выстрелы не считал. А вот майор замечал все. Поэтому, видимо, и живой до сих пор.

Джунгли на склоне хребта были уже не такими густыми и влажными, как возле реки. Ухтыблин мгновенно выхватывал взглядом наименее заросшие места и быстро вел группу на вершину по пологому склону.

На гребне водораздела они остановились. Майор осторожно подошел к краю обрыва.

— Ух ты, блин, с этой стороны отвесные скалы! Метров пятьдесят будет, — сказал он, заглядывая вниз. — Впрочем, ерунда... на сколько метров у нас веревка? На сто? Тогда спустимся здесь. Деревня должна быть рядом. Вот по этой расщелине и выйдем к ней.

Воробей быстро вытащил из рюкзака моток

прочной альпинистской веревки, затем осмотрелся и ловко закрепил один конец на толстом стволе дерева. Все трое быстро спустились к подножию горы, отталкиваясь ногами от горячих камней, и оказались в небольшой расщелине, заполненной мелкой галькой. Расщелина упиралась широким входом в редкий лесок.

— Пошли, — шепотом распорядился Ухтыблин, — идем бросками, место открытое.

Он присел на одно колено, взял автомат на изготовку и внимательно осмотрел лежащую перед ним местность. Затем поднялся и, стремительно пробежав пару десятков метров, упал за скальным обломком. Не задерживаясь, вслед за ним метнулся и Воробей. Сергей, подождав несколько секунд, проделал то же самое. Они уже приближались к выступавшему массиву леса, уже были от него в какой-то полусотне метров, на дистанции всего лишь двух бросков, как вдруг, нарушая тишину глухого распадка, совсем рядом прогремел выстрел. Пуля с тонким свистом прошла над их головами и улетела в расщелину.

Не сговариваясь, все трое упали в густую траву за поваленным гнилым стволом дерева, развернули свое оружие в стороны и приготовились к бою.

У Сергея так заколотилось сердце, что он услышал его стук в ушах. Он был уверен, что следующий выстрел будет произведен именно по нему, причем невидимый стрелок обязательно попадет в цель. Как же ему захотелось стать меньше ростом! Хотя бы наполовину! Дикая волна паники накрыла его, и он так сильно сжал рукоятку автомата, что у него побелели пальцы.

— Не стрелять, — тихо и напряженно проговорил майор. — Не стрелять пока. Кто что видит?

— Ничего не вижу, — вполголоса доложил Воробей, осматривая свой сектор через прицел. — Трава мешает, чтоб ее...

— Неудачное местечко, согласен, Андрюша. А если нам все-таки в лесок рвануть, а?

— Не успеем, Иваныч... вряд ли. Наверняка это был предупредительный выстрел. Если бы хотели, уже бы открыли огонь по нам. Мы на открытом месте.

— Тоже верно. Соображаешь... Ладно, посмотрим, что дальше будет. Не отвлекаться, каждый внимательно смотрит в свою сторону. — Майор обернулся к Сергею и пихнул его локтем: — Эй, Кубинец!

— А, что? — пробормотал Сергей, но сразу же спохватился и взял себя в руки: — Есть не отвлекаться!

Тишина снова воцарилась в распадке. Подул ветерок, подала голос какая-то птица, и Сергей, таращась поверх мушки автомата на далекие скалы, медленно приходил в себя.

Больше всего его поразило то, как обыденно и спокойно говорили между собой сержант и майор. «Это боевой опыт, — вдруг сообразил он. — Они уже обстрелянные бойцы, уже рисковали своей жизнью, они привыкли. Уф, а как все-таки страшно было... елки-палки, неужели у всех в первый раз так?» Он несколько раз глубоко вдохнул, успокаиваясь и чувствуя, как страх уходит, а вместо него в сердце возвращается спокойствие и злость.

«Как на ринге, — подумал Сергей, прислушиваясь к своим новым ощущениям. — Да, точно... Ну что же... посмотрим еще, чья возьмет!»

— Вижу! — прошептал Воробей. — Человек из лесу вышел. Стоит, рукой машет... хочет привлечь внимание. Камуфляж у него точно натовский, я такой в Моздоке за пять тысяч видел.

— Дороговато, — пробормотал майор, поднимая голову из-за укрытия. — А, заметил... оружия в руках нет, да, Воробей?

— На поясе у него пистолет висит. И мужик в возрасте... не похож на рядового.

— Эй! — крикнул человек в дорогом камуфляже и замахал белым платком в поднятой руке. — Эй, русские! Не стреляйте!

— Это он на английском, что ли? — покосился на Сергея майор. — Ты понимаешь, что он говорит?

— Говорит, чтобы мы не стреляли... да, на английском, товарищ майор.

— Так, — Ухтыблин закряхтел и вытер потное лицо широкой ладонью. — Ух ты, блин, напоролись. — Он встал в полный рост, отряхнулся, сел на поваленный ствол и обратился к Сергею:

— Давай, зови его сюда, если уж так хочет поговорить. Воробей, внимательней. Пока нам ничего не угрожает, но наша милая беседа с этим хмырем может быть непредсказуема. Естественно, в лесу засада. Сейчас все внимание я возьму на себя, а ты постарайся отползти как можно дальше. Из-за поваленного дерева тебя не видно, трава высокая, может, и получится. Когда я подниму руку, стреляй. В ситуации разберешься, не маленький.

Воробей кивнул, пригнулся, бесшумно, как уж, развернулся и пополз обратно.

Майор поднял автомат стволом вверх, но на незнакомца пока его не направлял.

— Делай то же самое, — приказал он Сергею, — сейчас все в бинокли на нас смотрят. Пока у нас оружие в руках, а их командир в пределе досягаемости...

— Эй! — снова крикнул мужик, но уже несколько тревожней. — Не делайте глупостей! Сопротивление бесполезно!

— Кино и немцы, — проворчал Ухтыблин. — Кубинец, посмотри краем глаза, только не оборачивайся. Воробья видишь?

Сергей вытер пот и бросил взгляд на поляну.

— Не вижу... как будто никого и не было.

— А ты думаешь, костюм «лешего» дешевле стоит? — ухмыльнулся майор. — Лично в Петербург за ними ездил. — Он опустил автомат и полез в карман за сигаретами. — Давай, зови его, что ли.

— Иди сюда! — Сергей тоже опустил оружие и махнул рукой натовскому «камуфляжнику». Пока тот шел к нему, Сергей очень внимательно рассмотрел ближайшие заросли, камни, выглядывающие из травы, саму траву, но на первый взгляд ничего подозрительного не заметил.

«Хорошо организованную засаду невозможно обнаружить, — вспомнил он наставления майора, который проводил у них тактико-специальные занятия. — Это вам не плохое кино. Поэтому при движении по опасным участкам необходимо двигаться только лишь в пределах видимости каждого бойца. Да, группа растягивается, но при этом многократно вырастает ее живучесть в случае обнаружения».

— Привет, ребята! — усмехнулся человек, подходя совсем близко. — Как поживаете?

Спецназовцы принялись угрюмо рассматривать неизвестного им веселого иностранца с темно-зеленым беретом на голове.

Легкий светлый камуфляж с зеленоватыми разводами ловко сидел на нем, сразу же выдавая профессию незнакомца. Форма была подогнана и явно ношена. Справа на поясе висела кобура с пистолетом. По возрасту мужик был примерно ровесником майора или даже старше. Волевое лицо с холодными глазами и косым белым шрамиком на правой скуле говорило о том, что этот человек привык командовать.

«Зеленые береты»! — Сергей понял это, прежде чем американец начал говорить. Он успел рассмотреть и эмблему на рукаве. — Вот это да! Вот и свиделись... правда, немного не так, как я представлял. Ну, ничего, время еще будет, разберемся».

Непередаваемым, чисто американским жестом незнакомец небрежно козырнул и представился:

— Полковник Сид Бронсон, Армия США. — Он с первого взгляда разобрался, кто является старшим, и вопросительно посмотрел на майора.

— Говорите медленней, — буркнул Сергей. — У меня плохой английский. Представьте, что вы говорите с местным жителем.

«Зеленый берет», наклонив голову, внимательно вслушался его в слова.

— О'кей, — заключил он, щелкнув пальцами. — Не такой уж и плохой. Мне кажется, что мы поймем друг друга.

— Майор Сидоров, силы специального назначения, Россия. Пятая бригада, форт Кемпбелл?

— Разумеется! — улыбнулся полковник. Удивленным он не выглядел. — Мы ведь специализируемся по Востоку.

— Там пулемет, а там снайпер? — Ухтыблин ткнул пальцем в стороны от себя. — Вон там, в куче камней?

— Неплохо, — уже серьезно проговорил Сид и оглянулся. — А ведь мы старались, готовились.

— Ленивый ваш снайпер. Землю с камней не отряхнул, когда точку себе оборудовал. Но для беглого взгляда вполне нормально.

— А с чего вы решили, что снайпер именно там?

— Снайперскую точку выставляют всегда выше пулеметной. А то вы не знали!

— Спасибо, майор, — ухмыльнулся «зеленый берет». — Я учту ваше замечание.

— Не стоит... Ну, что вы хотите?

— Я присяду, пожалуй, — вздохнул полковник и уселся рядом с майором, — жарко сегодня.

— Не холодно.

— Да хватит вам... ну, попались так попались, с кем не бывает. — «Зеленый берет» пожал плечами и вытащил прямоугольную вогнутую серебристую фляжку с вытесненной монограммой на боку. — Должен вам сказать, что я все-таки вас уважаю. Хлебнете?

К немалому удивлению Сергея, майор не отказался. Он взял фляжку, встряхнул ее, сделал хороший глоток и поморщился:

— Дерьмо ваше виски!

— Переводить не надо, — несколько растерянно проговорил «зеленый берет», обращаясь к Сергею. — Я прекрасно понял его и согласен с ним. Эта бурда местного производства.

— Скажи ему, — наконец-то отдышался Ухтыблин, — скажи ему, что, если мы увидимся... хотя это вряд ли... то в следующий раз я налью ему водки. Хорошей, чистой пшеничной водки.

— Вас засекли пограничники на реке. — Сид с сомнением посмотрел на фляжку, потом на майора, но потом все-таки выпил. Он помотал головой и сплюнул в траву: — Фу, гадость... Почему вы не убрали свидетелей? Как только я получил сообщение о стрельбе и о... кстати, а сколько вас? Двое? Маловато для диверсии, хотя для разведки вполне достаточно. Вы тоже стали работать парами, как и мы? Разумно. Так вот, я сразу же бросил поисковые группы на всех возможных направлениях, где вы могли бы появиться. И не ошибся, как видите.

— Мы не могли убрать свидетелей, — пожал плечами Ухтыблин. — Возможно, это было моей ошибкой. Вообще-то это были обыкновенные люди, не имеющие отношения к нашим играм. При чем тут эти сельские увальни? Одного чуть было не сожрал крокодил... а после этого его ножом по горлу?

— Мы — российский спецназ, а не убийцы, — кратко сформулировал мысль майора Сергей.

— Раз вы настаиваете на такой трактовке событий, то это ваши проблемы, — проговорил Сид и убрал фляжку. — Давайте лучше пожуем жвачку.

— Я не люблю с ментолом.

— Я тоже. Вот, держите.

— Ну, и что дальше?

— Я задержу вас и передам местной контрразведке. Как доказательство вмешательства России во внутренние дела иностранного государства.

— А вы не вмешиваетесь в дела иностранного государства?

— Победителей не судят, дорогой майор, — вздохнул Сид. — Убивать вас я не хотел, вы мне нравитесь. Я недавно был на ваших соревнованиях, и, должен признаться, русский спецназ произвел на меня впечатление. Да и взять вас живыми гораздо престижнее, от трупов мало толку, я уже не хочу пополнять кладбище своих противников, надоело... Вы — профессионалы, но до нас вам еще далеко.

— Это почему же? — усмехнулся майор.

— Вы не рациональны. И везде проявляете свои чувства, о чем говорит недавний случай на реке. Хотя... что-то в этом есть. Загадочная душа русского спецназа... Хм! Надо будет почитать ваших писателей по возвращении. Кого посоветуете, майор?

— «Памятка бойцу спецназа». Издательство — Министерство обороны Российской Федерации.

— Я ведь серьезно, майор. Ну, не хотите говорить, не надо. Пойдемте. Оружие оставьте здесь, мои ребята все приберут.

— И я серьезно, полковник. Дайте мне вашу фляжку.

— Хотите выпить напоследок? Пожалуйста. Вы правы, в местной тюрьме вы еще долго не попробуете не то что водки, но даже этого паршивого пойла. Держите!

— Спасибо, — кивнул Ухтыблин. Он взял фляжку за краешек и высоко поднял ее над головой.

— Что вы делаете, майор? — недоуменно спросил Сид, но через секунду он все понял и оглянулся. Его лицо напряглось, а шрам на скуле побелел. — Вы кому-то даете сигнал? Кому?!

Его рука скользнула к кобуре, но, прежде чем он успел вытащить пистолет, фляжка из руки майора вылетела, выбитая неведомой силой, и упала за стволом дерева в нескольких метрах.

Майор подул на ушибленные пальцы и покачал головой:

— Ух ты, блин, а ведь больно... Полковник, не надо резких движений, мой снайпер этого не поймет. Кстати, вы заметили его?

— Дьявольщина! — зло процедил «зеленый берет», цепко осматривая поляну. — «Бесшумка»! Когда вы его успели спрятать?

Сергей, чувствуя себя в не своей тарелке, внимательно вслушивался в слова полковника, несколько раз переспрашивал его о значении некоторых непонятных ему выражений, добросовестно переводил и не мог себе представить, что вот сейчас, возможно, придется убить этого симпатичного ему мужика. Ему хотелось предпринять какие-то действия, потому что ситуация накалилась и скорее всего сейчас начнется стрельба. А он стоит тут, как дурак, во весь рост, и представляет собой идеальную мишень не то что для снайпера, но даже для простого стрелка с охотничьим ружьем.

— Присядем, полковник. — Майор оглянулся и похлопал ладонью по стволу. — Нам надо кое-что обсудить, как вы считаете?

Американец оценивающе посмотрел на него и вдруг ухмыльнулся:

— Черт возьми, с каждой встречей вы мне нравитесь все больше и больше!

— Кубинец, принеси фляжку. Так вот, Сид... вы видите, что ситуация зашла в тупик. Ваши парни могут легко положить нас на открытом месте... Ну, возможно, мы здесь продержимся некоторое время, но это ничего не изменит. В свою очередь, мой снайпер вышибет вам мозги с первой же пули. Как он стреляет, вы видели. Вы ведь не собираетесь прыгать по поляне, изображая зайца, удирающего от филина? Да? Вот и славно... И еще... вы сказали, что выставили заслоны на всех местах нашего возможного появления. Значит, в вашей группе не больше четырех человек. Вы — пятый. Но себя можете в расчет не принимать. Я уже показал стрелку, где находятся цели, и он сразу же начнет уравнивать счет. Ну, что вы думаете по этому поводу, Сид?

Майор с отвращением понюхал фляжку, в центре которой светилась ровная дырка, и передал ее американцу. Тот внимательно рассмотрел ее и выбросил в траву.

— Девять миллиметров... это «Гроза»?

— Да.

— Слышал, но еще не видел. Говорят, хорошее оружие.

— Полностью с вами согласен.

«Зеленый берет» уставился себе под ноги и принялся размышлять. Его пальцы забарабанили по колену.

— Нам проще будет уйти, Сид, — произнес негромко Ухтыблин. — Ей-богу, это будет лучшим решением. Именно сейчас это будет лучшим решением. Мы уже познакомились, посмотрели друг на друга и прикинули возможности.

В принципе за этим я сюда и шел. В следующий раз, так и быть, примемся палить без раздумий.

— Да черт с вами, — медленно проговорил «зеленый берет». Он поднял голову и оценивающе осмотрел майора: — Хорошо, я согласен.

Ухтыблин докурил сигарету, затушил ее об подошву, затем растер окурок в руках, выбросил остатки табака в траву, отряхнулся и поднялся.

— Надеюсь, в спину стрелять не будете?

— Я — офицер, не забывайтесь... и катитесь отсюда к дьяволу, да побыстрее!

В поселок группа вошла, когда уже солнце задевало своим краешком западные отроги холмов. Бросок был совершен в максимально быстром темпе, потому что никому, несмотря на восхитительный вечер, не хотелось застать в джунглях ночь.

По возвращении на базу майор, даже не успев переодеться, сразу же собрал всю группу и кратко обрисовал ситуацию.

— Ну что, ребята, каникулы кончились. Хватит загорать и бездельничать. Против нас выставили «зеленых беретов». Надо объяснять, кто они такие?

— Слышали, — мрачно отозвался Бугай. — Значит, дело серьезное.

— Еще какое серьезное... Они будут стараться или уничтожить станцию, или, по возможности, не дать ей работать. Разумеется, никто ее бомбить не собирается, а это значит, что «они» будут использовать специальные методы. Говоря проще, диверсию. Поэтому переходим на усиленный режим службы, сутки через сутки. Пока все. — Майор встал и подхватил автомат. — Сержанты — ко мне на совещание.

Проходя мимо Сергея, он остановился и, оглядев его с головы до ног, критически хмыкнул:

— Поздравляю с боевым крещением, Кубинец.

Сергей медленно разогнулся, поднялся с табуретки на дрожащих от усталости ногах и хмуро произнес:

— Спасибо.

— С первой пулей, пролетевшей над головой, — усмехнулся командир группы, прекрасно понимая его состояние. — То, что ты чуть было не наложил в штаны, не считается. Все накладывают в штаны, когда первый раз слышат, как пролетает пуля. Даже будущие герои. — Он похлопал Сергея по плечу, и Одинцов только сейчас, когда майор оказался совсем рядом, увидел, как неуловимо изменился Ухтыблин. Его полноватые щеки втянулись, глаза сузились, а голос стал жестче. В глубине зрачков майора Сергей увидел затаенную готовность убивать.

— Как тебе «зеленые береты», а? Ты заметил, как удачно они выбрали место для засады, как грамотно расположили огневые точки? Учись, Кубинец, пригодится! На открытом месте мы бы не продержались и минуты.

— Продержались бы! — буркнул Сергей. — Мы бы продержались!

— Да? — искоса взглянул на него Ухтыблин, уже поворачиваясь, чтобы уйти. — Ну, ну...

— У чемпиона мира тоже две руки! — упрямо продолжал Сергей. — Так говорил мой тренер.

— Ты прав, боец, — вдруг хрипло сказал майор сквозь сжатые зубы. — У «зеленых беретов» всего две руки...

Он повернул голову, внимательно осмотрел своих людей, потом кивнул и ушел.

Глава 6

Oчередная ночь в джунглях... «Секрет», в который попал Сергей, нес службу на вершине холма, над дорогой, ведущей в поселок. Место было выбрано удачное. Прохладный ветерок сносил комаров в сторону и приятно обдувал лицо. Внизу, справа, смутно белела грунтовка дороги, а слева от холма, под обрывистым берегом, глухо шумела река. Небо, закрытое облаками, периодически очищалось, и тогда были видны бескрайние холмистые джунгли, залитые ярким светом луны.

— Я знаю, кто это орет, — лениво сообщил Воробей после очередного дикого хохота, донесшегося из леса. Хохот перешел в вой на высокой ноте и внезапно оборвался.

— Не ты один тут такой умный, — проворчал Бугай, осматривая окрестности в ночной бинокль. — Я тоже спрашивал. Обезьяна какая-то.

— И змей здесь практически нет. Все змеи внизу, на равнине, на рисовых полях. Ведь они питаются мышами и хомяками. А кобра всегда предупреждает, когда к ней человек приближается. Так, Кубинец?

Сергей кивнул. После встречи с крокодилом ему пришлось даже провести получасовую лекцию в бараке об обитателях джунглей, с которыми можно было столкнуться. Правда, это стоило ему немалых усилий и возни со словарем. С пристрастием был допрошен Сомик и толстый держатель небольшой кофейни на местном базаре. Толстяк, правда, нагнал страху насчет какой-то страшной гадюки, которая бросается без предупреждения, но Сомик отнесся к этой опасности с прохладцей.

«Просто надо взять палку и ворошить ветки и траву перед собой. Гадюка бросается на палку, кусает и тут же убегает. Хотя траву не надо, — сказал он, посмотрев на ботинки Сергея, — у вас хорошая обувь, это только мы ходим в сандалиях».

— И тигра здесь видели два года назад, — авторитетно продолжал болтать Воробей. — Мельчает тигр, знаете ли... не тот пошел. Людей боится, сразу уходит, как только запах почует.

— Ты прямо специалистом уже стал, — хмыкнул Бугай. Он отложил бинокль и на несколько секунд зажмурил веки, давая отдых глазам. — Поспи-ка лучше, через два часа заступаешь.

— Эх, жизнь, — забормотал Воробей, поудобнее укладываясь на спальном мешке, — хоть бы кто сказал: отдохни, братан, ты славно поработал сегодня. А то — надо заступать, куда-то бежать, в кого-то стрелять... И все — надо, и все — я.

— Куда же мы без тебя? — вполне серьезно сказал Сергей и поднялся. — Пойду-ка я за кустики схожу.

— Палку возьми, — сонно отозвался Воробей, — змеи тут.

— Знаю. Кобры.

Сергей забросил автомат через плечо, взял заранее приготовленный длинный прут и двинулся в сторону от «секрета». Хоть «секрет» и постарались расположить в наименее заросшем месте, он все же тщательно тыкал прутом перед собой и напряженно всматривался в темноте под ноги. Но все обошлось. Никакой страшной гадюки ему не повстречалось.

Отойдя пару десятков метров и выйдя на обрывистый край вершины, он оглянулся и убедился в том, что находится в поле зрения сержанта. Неписаный закон спецназа гласит: делай свои естественные дела в пределах видимости товарищей. Иначе, удалившись достаточно далеко, можно либо попасть в плен, либо словить пулю от своих же по возвращении. Мало ли кто там с шумом ломится сквозь кусты на замерший в напряжении спецназ...

Сергей вдохнул теплый, насыщенный сильными ароматами остывающего леса воздух и развел руки в стороны, разминая плечи и шею. Облака, до сих пор бежавшие по ночному небу рваными тенями, внезапно исчезли, и на небосклоне ярко засветилась луна. Он поднял голову. Нет, все-таки какое здесь звездное, красивое небо... Сергей принялся искать Большую Медведицу, но потом спохватился и ругнулся про себя. Полярную звезду он здесь не найдет, ведь он же в Южном полушарии.

Значит, поищем Южный Крест... Сомик как-то показывал.

Первая тень, похожая на очертания огромного ящера, медленно проплыла над ним, закрывая звезды широко раскинутыми крыльями.

Сергей замер с открытым ртом, в полном молчании провожая взглядом неизвестную ему гигантскую птицу, скользившую в ночи над рекой.

«Вот это да! — ошеломленно подумал он, судорожно хватаясь за автомат. — Как его? Птеродактиль, что ли? Откуда он тут взялся?! Ну и ну, не хватает еще снежного человека увидеть... полный ассортимент таинственной Индии, черт бы ее побрал! Кому-нибудь расскажу, ведь не поверят, засмеют. Нет, но все-таки... а вдруг это какое-то ископаемое животное, неизвестное науке? А я промолчу?»

Спецназовец помотал головой и только собрался идти обратно, как вдруг услышал едва уловимый в полной тишине посвист рассекаемого крылом воздуха. По воздушному коридору над рекой летел второй дракон.

Сергей без колебаний вскинул автомат, машинально присел на одно колено и принял позицию «стрельба по воздушной цели». Он повел стволом, выбирая упреждение, и теперь внимательнее всмотрелся в летящее на фоне звезд существо.

«Почему оно не машет крыльями? — опомнился он. — Какая-то странная неподвижность парения. И неестественность полета... А это что сзади виднеется? Хвост, что ли? Да какой это хвост?! Идиот! Это же ноги! Ноги! Обыкновенные человеческие ноги в ботинках! Болван! Это не птица! Это дельтаплан!»

Сергей большим пальцем сбросил предохранитель на одиночный огонь, но было уже поздно. Дельтаплан исчез в темноте.

«Да они же к плотине летят! — сообразил Кубинец. — Как хорошо, что я отлить отошел... ай да полковник, ай да сукин сын!»

Третьему дельтаплану он уже не удивился и приготовился стрелять, но в раздумье задержал палец на спусковом крючке. Воздухоплавательный аппарат летел как-то странно. Его пилот не выдерживал прямую линию полета и неуверенно вилял из стороны в сторону.

«Пьяный, что ли? — недоуменно подумал Сергей. — Нет, не может быть, здесь дело в другом. Ладно, сначала понаблюдаем, Бугая пока отвлекать не будем, пусть за лесом смотрит, а я посчитаю этих планеристов. Нет, но задумка хорошая... Вот же суки, а!»

Он держал дельтаплан на прицеле до тех пор, пока его пилот, прямо на глазах Сергея, при совершении очередного виража не врезался в растущие на берегу деревья.

В полной тишине раздался треск ломающихся веток, шум падения, крик и короткий злой возглас на английском языке.

«Маму этого дельтаплана вспомнил, не иначе!» — злорадно усмехнулся Сергей, вскочил и бросился обратно.

— Что там, Кубинец? — негромко окликнул

его Воробей. — Что за шум? Слон пришел на водопой?

— Десант на плотину! — выдохнул Сергей, дрожа от возбуждения. — Сам ты слон, Воробей... На дельтапланах они, Витя... трое... один в берег врезался, двое к плотине полетели!

Сержант кратким ругательством выразил свое отношение к происшедшему и схватил рацию.

— Воробей, со мной! — тихо скомандовал он после кратких переговоров. — Мы по берегу реки пойдем, посмотрим, проверим, может, они где-то приземлились. А ты к этому, Серега! — махнул он рукой в сторону, откуда послышался шум. — Посмотри там... и аккуратнее! В общем, действуй по обстановке!

Сергей, чувствуя, как заколотилось сердце, кивнул, развернулся и побежал к реке. Повинуясь уже намертво вбитым в него рефлексам, он старался держаться в тени деревьев и не выходить на открытое пространство. Открытое пространство спецназ преодолевает либо стремительным броском, либо ползком, а ползти по высокой, влажной от росы, густой траве, над которой роилась мошкара, ему совсем не хотелось.

Он выскочил на обрыв, понял, что лес закончился, и сразу же упал на живот. Затем осторожно подполз к обрыву, к месту, которое, по его расчетам, находилось как раз над падением неудачливого пилота, и, высунув голову, заглянул вниз.

Метрах в десяти от него находилась каменистая площадка, выступавшая над рекой. Вокруг площадки росли деревья, совершенно незаметные на фоне темного хребта. Именно в них и врезался дельтаплан. Сломанная, искореженная конструкция из широких крыльев угадывалась в мягком свечении луны, и казалось, что внизу лежит ископаемый ящер.

«Лучше потерять несколько секунд, но зато потом принять верное решение. Запомните, сынки, чересчур смелыми спецназовцами заполнены все кладбища. Любая смелость не будет эффективна, если она не подкреплена обдуманными действиями», — пришли на память Сергею слова майора. Кубинец стиснул зубы и приказал себе успокоиться.

«Пилоту, видимо, повезло. Или нет? Вроде скорость была невысокой, я же видел, как он завалился набок и задел крылом дерево. Да и какое это дерево? Так, высокие кусты. Вот если бы дельтаплан врезался в буковый лес... вот там вариантов у него уже бы не было. А здесь еще есть шанс».

Он заметил неясное шевеление под кустами, которые пригнулись к траве от тяжести висящих на них остатков широкого крыла, и напряг слух, но в этот момент в джунглях на берегу раздался отчаянный визг животного. Судя по расстоянию, ниже и дальше по течению. Затем послышался треск веток и глухой топот копыт по берегу.

«Тигр или волки охотятся на водопое, — подумал Сергей, не спуская взгляда с кустов. — Ну, давай, дружок, вылезай... чего ты испугался? Ведь не на тебя же тигр охотится. Давай, потихоньку... вот и умница».

Из кустов на четвереньках, пятясь задом, выбрался человек. Он несколько раз дернулся, упираясь в землю руками. Сергей прищурился. Судя по явным усилиям потерпевшего аварию диверсанта, его что-то удерживало в зарослях, какой-то трос или веревка.

«Ага... зацепился своей подвеской, вот и пытается выпутаться. В кустах это было проблематично, а сейчас он будет занят и не станет осматриваться по сторонам. Другого шанса не представится. — Сергей коротко вздохнул и сжал челюсти. — Ну что, пора? Пока он там копается. Давай, боец, шевелись!»

Планерист уперся в землю одним коленом и, с трудом удерживая равновесие, принялся ножом обрезать ремни, которые тянулись от него в кусты.

Сергей, держа оружие в руках, аккуратно съехал на «пятой точке» по травянистому склону прямо на площадку. В этот момент охота на берегу реки началась опять, и он поблагодарил индийского бога Вишну — его передвижение было полностью замаскировано рычанием и хрипами, доносящимися снизу.

Пилот разбившегося дельтаплана наконец-то освободился от запутавшейся подвески, сбросил ремни под ноги, сунул нож в ножны, закрепленные на голени, и с облегчением выпрямился, стоя к Сергею спиной.

«Здоровый, сволочь, — с уважением подумал Сергей, разглядывая высокую мощную фигуру в черном одеянии. — Наверняка качается. В рукопашку с таким лучше не лезть».

— Замри! — вполголоса произнес он и щелчком снял оружие с предохранителя. У него было время подготовить первую фразу, такую, чтобы его противник сразу же понял, поэтому он использовал слово, которое применяется американскими полицейскими при задержании и дословно переводится на русский как «заморозься».

Американец действительно «заморозился».

Сергей, готовый ко всяким неожиданностям, поудобней взялся за цевье автомата и прицелился ему между лопаток.

— Это ты, Санни? — негромко поинтересовался человек в черном. — Что за глупые шутки? — и повернул голову.

«Зачем ему столько маскировочной краски на лице? — подумал Сергей. — Вот, черт, да это же негр! Самый настоящий... вот поэтому я и не видел в темноте ни его лица, ни его шеи... Негр... ему и краска в темноте не нужна». Несмотря на серьезность ситуации, он хихикнул.

Несколько секунд негр, соображая, молча смотрел на спецназовца.

— Я не Санни, — решил внести ясность Кубинец. — Я — русский спецназ. Где твой автомат?

— Остался в кустах, — медленно ответил американец и показал большим пальцем за спину. — Похоже, что мне не повезло, да?

— Не надо шевелить рукой. Я вижу, что ты хочешь вытащить пистолет. Может, мне лучше пристрелить тебя прямо сейчас?

Сергей осторожно выбрал холостой ход спускового крючка. Он ни секунды не сомневался в том, что сможет выстрелить. И противник, сразу же почувствовав его состояние, шумно выдохнул. Его рука, которая действительно начала медленно продвигаться к кобуре, снова расслабилась и повисла вдоль бедра.

— Брось ремень с пистолетом на землю. И подальше. Сам пистолет не трогай... Вот так, молодец!

Сергей внимательно проследил, как негр расстегнул ремень с висевшей на нем кобурой и забросил его в кусты.

— Тебя как зовут?

— Джон Смит.

— Джон Смит? Ну, хорошо, пусть будет так. Стой спокойно, Джон Смит.

Сергей, не глядя, снял рацию с пояса и нажал на клавишу:

— База, это Кубинец. Я задержал тут одного... Нужна помощь при конвоировании.

— Понял, Кубинец, — отозвался голос майора. — Ты где находишься?

— На прежнем месте.

— Понял. Высылаю группу, жди.

— Что ты собираешься делать, Иван? — спросил американец и снова оглянулся. — Я вижу, что ты здесь один. Может, разойдемся без проблем, а?

Сергей отрицательно покачал головой.

— Мой чертов прибор ночного видения испортился, я ничего не видел, поэтому врезался в этот чертов берег! Тебе повезло, русский!

— Сядь на землю, Джон. И не кричи так. Здесь никого нет, кроме кабанов на берегу.

— Ты говорил со своим командиром, да? Что ты ему сказал?

— Мой командир очень хочет тебя увидеть. Прямо мечтает.

Джон Смит свирепо посмотрел на Сергея, но на землю все-таки сел.

Далеко в темноте послышались выстрелы. Джон и Сергей одновременно вытянули шеи и завертели головами.

«Стреляют на плотине, — определил спецназовец. — А если точнее, в том направлении. Пулемет? Да, пулемет. А где у нас пулемет? Правильно, прямо на крыше главного пульта. Значит, тех двоих обнаружили».

В гулкие бабахающие очереди вплелась трескотня автоматов.

«Это американцы стреляют... Да, звук сухой, и по три патрона. Майор говорил, что на их винтовках отсекатель стоит».

Через полминуты интенсивная стрельба оборвалась и наступила тишина. Сергей удовлетворенно кивнул, а негр пробормотал что-то невнятное сквозь стиснутые зубы. Переспрашивать Сергей не стал.

Он не спускал с пленного глаз, держа оружие наготове. Негр снова начал озираться по сторонам.

— Прикидываешь шансы, Джон?

«Зеленый берет» промолчал.

— Ты пойдешь со мной, — уверенно сказал Сергей. — А если не пойдешь или решишь затеять борьбу, то я постараюсь тебя ранить. Уже скоро подъедут мои ребята.

— Я в плен не пойду, — тихо, но решительно заявил негр.

— У тебя нет выбора. Убежать я тебе не дам, у меня есть оружие, а у тебя нет.

Он был готов к броску Джона прямо на него, ждал этого, поэтому прозевал момент, когда американец вскочил и прыгнул в сторону. В два шага преодолев расстояние до обрыва, негр мощно оттолкнулся от каменистого берега, сгруппировался и полетел вниз.

Глава 7

Заместитель командира группы «зеленых беретов» Сэм Макферсон, рослый бритоголовый сержант, два раза аккуратно стукнул в непокрашенную дверь костяшками пальцев:

— Разрешите, сэр?

Сид Бронсон, его командир, лежал на кровати, на расстеленном поверх грубого одеяла армейском спальнике с зажатой в зубах дымящейся сигарой.

— А, это ты, Сэм... — рассеянно проговорил полковник. — Проходи, садись. На столе бутылка, плесни себе, если хочешь.

Несмотря на внушительные внешние данные и невыразительное угрюмое лицо, Сэм считался в группе «умником». Будучи подростком, он перечитал уйму книжек, чуть было не испортил себе зрение и с трудом прорвался в специальные войска. Психологический тест сразу же указал на его мощные интеллектуальные способности, и это обстоятельство едва не закрыло перед ним двери в Форт-Брэгг: слишком умные там не нужны. Но Сэм занимался вольной борьбой, развил себе мышцы и сравнительно легко сдал все необходимые тесты на выносливость. В приемной комиссии, которая определяла качество обучения новобранцев после кратковременных сборов, оказался и полковник. Он внимательно изучил тощее, составленное всего из нескольких листков, личное дело Макферсона, особо отметив его учебу на факультете по изучению истории иностранной литературы. Конечно, «зеленые береты» и иностранная литература плохо увязывались между собой, но полковник вдруг решил забрать этого молчаливого неулыбчивого парня к себе. «Пусть будет у меня в подчинении хоть один интеллигентный солдат», — решил полковник, подписывая приказ о зачислении Макферсона в специальные войска Армии США.

Сержант прошел в просто обставленную комнату и сел на стул у окна.

— Благодарю вас, сэр, — кашлянул он и, нерешительно посмотрев на маленькую, почти пустую бутылку виски, добавил: — Я не пью, вы ведь знаете.

— Знаю, — проговорил полковник. — Я позвал тебя не за этим. Я позвал тебя для того, чтобы ты напряг свои мозги.

— Есть, сэр, — неуверенно проговорил сержант. — Что я должен делать? То есть над чем думать?

— Как нам подойти к этой чертовой электростанции? Там уже заканчиваются монтажные работы, и скоро объект войдет в строй. А этого допустить нельзя в никоем случае.

— Я знаю, сэр.

— Индусы нагнали в поселок охранников, они облепили станцию, словно пчелы соты. После нашей вылазки... кстати, как там Робинсон, ему оказали первую помощь?

— Ничего страшного с Робинсоном не случилось. Несколько царапин и общее переутомление организма. Его вовремя подобрала наша поисковая группа.

— А остальные двое так и не вернулись? — на всякий случай спросил Бронсон.

— Нет, сэр.

Командир мрачно кивнул, снова пыхнул сигарой и задумчиво пожевал губами.

— Группа попала в засаду, была обнаружена и уничтожена. Робинсону чудом удалось вырваться. Теперь охрана станции настороже. У меня сильное подозрение, что именно русские организовали ночной «секрет». Только у них есть приборы ночного видения, и только они могли заметить наших парней в темноте.

— Скорее всего, сэр, — согласился Сэм.

— Ну, что будем делать, сержант? Обычные методы здесь уже не годятся, нас ждут на станции и с земли, и с воздуха, и даже с реки, где болтаются крокодилы. А приказ надо выполнять.

— Я не уверен, сэр... У меня есть одна идея... но она требует проверки.

— Да? — Полковник повернул голову и с интересом посмотрел на сержанта. — Выкладывай. Хотя нет, подожди. Давай-ка сначала перекусим. Я ничего не ел целый день. — Бронсон неторопливо поднялся со скрипучей кровати. — Позови там... кто дежурит на кухне.

Сержант кивнул и вышел на крыльцо.

— Эй! — окликнул он полноватого молодого индуса, который как раз вышел из недалеко стоящей палатки в надетом поверх застиранной формы несвежем белом переднике.

— Есть, сэр, — нехотя отозвался парень.

— Принеси ужин. На двоих. В эту комнату.

— Я понял, сэр.

Парень подождал, пока Макферсон не закроет дверь, а потом выругался вполголоса. Черт бы побрал этих американцев! Заняли лучшие помещения, пограничников переселили в палатки... а теперь еще и ухаживать надо за ними, словно за брахманами! Индус вздохнул и отправился в палатку, которая служила столовой для «зеленых беретов».

Бронсон, заложив руки за спину, несколько раз прошелся из угла в угол, но потом не выдержал:

— Ну, Сэм, не томи... пока этот увалень принесет нам ужин... что у тебя?

— Вы же знаете, сэр, что у меня всегда было «отлично» по предмету «Обычаи и особенности народов Востока»?

— Знаю, Сэм. Ну, этим ты меня не удивил. Мы все сдавали этот экзамен, правда там были в основном общие ознакомительные сведения... Ну, ну?

Полковник воспринял слова Макферсона вполне серьезно. Он не стал интересоваться, какая связь между диверсионным актом и особенностями народов Востока. Еще не было случая, чтобы Сэм нес какую-нибудь заведомую чушь. Даже несмотря на то, что его идеи сначала казались совершенно оторванными от реальности.

— Я достаточно внимательно ознакомился с методической литературой по данному региону, и мне показалась интересной одна идея. Интересная и применимая именно к нашей задаче.

Открылась дверь, и в комнату осторожно вошел дежурный по столовой с подносом в руках, на котором стояли несколько накрытых салфетками тарелок, пакет апельсинового сока и бутылка виски. Индус ногой захлопнул дверь, подошел к столу и принялся расставлять на нем столовые приборы.

— Продолжай, Сэм, — махнул рукой полковник в ответ на вопросительный взгляд сержанта, — не обращай внимания на этого... э... в общем, продолжай.

— Сэр, зачем нам лезть на саму электростанцию?

— То есть?

— У местных жителей существует легенда о гигантском тигре, который когда-то жил в этих местах. Он был настолько огромен, что его голова касалась облаков, а хвост волочился по земле, оставляя за собой русла для ручейков.

Бронсон сел на кровать, закинул ногу за ногу, подпер рукой голову и задумчиво уставился на своего сержанта.

— Но потом этот тигр поссорился с богами.

И бог спустился на землю, взял тигра за хвост и сбросил его в море.

— Неужели так все и было? Черт возьми, Сэм, при чем тут этот мифический тигр?!

— Я еще не закончил свою мысль.

— Мне необходимо выпить, — заявил полковник. — Я знаю, что ты толковый парень, но начало твоей истории немного неожиданное. Извини. Налей-ка мне на два пальца, — обратился он к индусу и снова повернулся к Сэму: — Дальше, сержант.

— Но тигр сопротивлялся. Он не хотел в море. Он вцепился так глубоко, что его когти пронзили гору и достали до самой реки. И так продержался три ночи и три дня. Это место, где он оставил свои царапины, находится не так уж и далеко от деревни.

— Так и было. Я тоже знаю, где это случилось, — тихо произнес индус. — Великий Шаумшу был очень силен.

Полковник отпил виски, крякнул, пыхнул сигарой, но смолчал.

— Я сейчас подхожу к моей идее, сэр, — заторопился Макферсон. — Я, как вы знаете, очень дотошный человек, и мне стало интересно. Практически любая легенда имеет под собой основание. Я вчера взял проводников и отправился на прогулку вдоль границы.

— Так... — уже с интересом протянул Бронсон. — И что же ты нам нашел?

— Глубокие узкие расщелины в земле, переходящие в пещеры. Эти пещеры тянутся сквозь хребет и выходят прямо к реке. Я, правда, не спускался в них, но местный парнишка поклялся, что он как-то с товарищами залез в одну. Они долго шли и, наконец, наткнулись на каменную стену с узким проходом. Проход был слишком узок даже для мальчишек, и они не рискнули туда лезть. Но зато они услышали шум воды.

— Так?

— Я хорошенько расспросил его, а потом с помощью компьютера по карте со спутника определил место. Оно находится прямо возле плотины.

— Так! — хлопнул ладонью по колену Бронсон.

— Да, сэр. Можно заложить взрывчатку прямо в пещеру, туда, где она выходит к реке. Каменная стена, закрывающая выход, не послужит серьезным препятствием, и направленный взрыв сдвинет плотину с места. Пусть даже незначительно. Последствия будут катастрофичны.

— Черт побери, Макферсон! А ведь это идея! Это действительно идея! — Полковник вскочил, подошел к столу и налил себе виски. — Давай тащи сюда твои расчеты. Сейчас прикинем мощность заряда. А ты что стоишь? — вдруг заметил он индуса. — Свободен, парень!

Глава 8

Сергей рано утром сменился с дозора. Он искупался в тепловатой, пахнущей хлоркой воде в душе, стараясь не открывать глаза. Несмотря на все его старания, освежиться не удалось. Вода, идущая из-под крана, имела температуру выше человеческого тела. Затем он забросил свои вещи в стиральную машину, натянул чистую майку, просторные спортивные штаны, кроссовки и вышел из барака.

— Я в кофейне на базаре буду, — сказал он Кованому, оглядывая пыльную улицу, — часик там посижу.

— Ты бы поспал лучше, — отозвался спецназовец, дежуривший у входа в полном вооружении. — Вдруг по тревоге поднимут.

— Не хочу я спать.

— Понятно. — Кованый потянулся и зевнул: — Иээх! Иди. Найдем, если что.

Сергей медленно побрел по улице. Глаза после бессонной ночи слегка резало на свету, и он постоянно щурился. Периодически его тело сотрясала крупная дрожь, и тогда боец испуганно оглядывался, боясь, что кто-нибудь заметит его состояние. Сергей понимал, что это страх, но не понимал, чего ему надо сейчас бояться. Ведь все уже закончилось, он жив-здоров и находится в относительно безопасном месте. Раньше надо было бояться... Странно... а может, это какое-то психическое расстройство? Поговорить бы с майором, но Ухтыблин с утра уехал в районный центр, а рассказывать еще кому-то о своем паршивом самочувствии Сергей не решался.

До кофейни, стоявшей на углу базара, было около пяти минут хода. Сергей кончиками пальцев отодвинул в сторону пыльный плотный полог, закрывавший вход, и вошел внутрь. Над головой коротко звякнул колокольчик. Уставшим глазам сразу стало комфортно в полусумраке небольшого помещения. Он осмотрелся. В углу, под окном, на расстеленных коврах сидели три белобородых старика, скрестив босые ноги. Перед ними на низеньком столике стояло с десяток маленьких кофейных чашек и высился массивный корпус кальяна. Один из стариков равнодушно повернул голову на звук колокольчика, втянул в себя дым из трубки, осмотрел Сергея, кивнул и так же равнодушно отвернулся. Сергей вполголоса поздоровался. В дверях, ведущих на кухню, появилась грузная фигура хозяина заведения.

— А, это ты... привет, привет, — озабоченно сказал толстый Махараш, оглядываясь и вытирая руки передником. — Садись вон туда, в угол. Как раз твое любимое место свободно. Что-то ты рано сегодня... Кушать будешь? Сейчас у меня лепешки дожарятся.

— Есть я не хочу. Мне бы кофе, да покрепче. Самое крепкое, какое у тебя есть.

Махараш внимательно всмотрелся в лицо раннего посетителя.

— А может, бутылка пива тебе не помешает? У меня есть отличное пиво, в холодильнике всю ночь простояло.

— Нет, пива не надо, — ответил Сергей и направился в свой любимый угол, из которого так удобно держать под наблюдением две двери и два окна и спокойно пить при этом обжигающий, тягучий, вручную собранный и приготовленный кофе.

Жизнь на базаре оживлялась. На улице громче стали слышны голоса торговцев, зазывающих покупателей, сигналили машины, мычали коровы. Колокольчик звенел все чаще. В кофейню заходили крестьяне, привезшие свой немудреный товар из соседних деревень, быстро выпивали кофе и уходили, кто-то заказывал чай и лепешки. На Сергея искоса поглядывали, но особого любопытства никто не проявлял.

Он медленно пил уже третью чашку и прислушивался к своим ощущениям. Вроде бы отпускает, да и руки уже не так вздрагивают...

— Пришел мальчишка с «той» стороны, — наклонился вдруг к нему подошедший Махараш. — Это сын двоюродной племянницы, которая вышла замуж... в общем, это мой дальний родственник.

Сергей равнодушно кивнул и поднес чашку к губам.

— Он ищет человека, который убил крокодила на реке, — тихо проговорил индус. — Я сказал, что ты здесь.

Ухтыблин задумчиво склонился над картой.

— Если тоннель сквозь гору ведет прямо к плотине, но на выходе закрыт каменной стенкой, то мы его в жизни не обнаружим, — негромко сказал он, постукивая карандашом по столу. — Не будешь же взрывать весь массив, нависший над электростанцией.

Бугай, сидевший с ним рядом, привстал, посмотрел на отлично выполненную карту-«двухкилометровку», снятую со спутника, шумно выдохнул и опустился обратно на табуретку.

— Чего ты вздыхаешь, как бегемот?

— Так точно, не обнаружим, товарищ майор!

— Кованый, ты что скажешь?

— Так это... здесь мы ничего не сможем сделать. Даже не знаю.

— Кубинец?

— Да все понятно, товарищ майор. Придется идти на ту сторону, через границу, к этой самой пещере, и ставить там засаду. Нельзя ни в коем случае допустить, чтобы «зеленые береты» пробрались в тоннель.

— Легко сказать, — хмыкнул майор, — на ту сторону...

— Да ты не волнуйся так, Иваныч, — уверенно сказал Бугай. — Чего ты кота за хвост тянешь... Мы тут с ребятами уже все обсудили, справимся, не в первый раз... Все будет нормально!

— Ну, раз так... В общем, я так и думал... тогда смотрите... Выбросим несколько групп, на задачу пойдет весь отряд. Вот сюда, сюда и сюда. — Острие карандаша уперлось в несколько точек на карте. — Точное расположение пещеры мы не знаем, и куда именно выйдут «зеленые береты», нам не известно. Как вы понимаете, времени на разведку нет абсолютно. Придется разбрасывать группы. Старшими групп пойдут Бугай, Кованый и Вован. Заместителем Бугаева пойдет Кубинец.

Сержанты переглянулись, и у каждого на лице можно было прочитать: «А не рано ли?»

— В самый раз, — сказал майор. — Думаю, Кубинец справится. Он уже был на той стороне, знаком с обстановкой. Да и ночью отличился. То есть не отличился, — поправился он, — а отлично выполнил поставленную задачу.

Кованый и Бугай опять переглянулись и пожали плечами.

— Вот и хорошо, — подытожил Ухтыблин, бросая карандаш на стол. — А я остаюсь здесь с резервом и для координации действий. Вопросы?

Ответом ему было молчание. Сергей напряженно вглядывался в карту. Сообщение майора застало его врасплох.

— Взять с собой сухпайки, воду и все необходимое. Нам обязательно надо опередить «зеленых беретов», иначе... — Ухтыблин покачал головой. — Я даже не могу себе представить, что будет, если все получится наоборот. Хотя как раз это и несложно представить. Ладно! Отставить фантазировать! — прервал он сам себя. — Я пойду с вами до водораздела. Выход в четыре утра. Все свободны.

Когда за старшими групп закрылась дверь, майор вздохнул, опять сел за стол и задумался. Правильно ли он все делает? Интересно, куда выйдут «зеленые береты»? На какую пещеру? Неужели ребятам придется принимать бой и держаться до полного уничтожения, а потом «коммандос» все равно проникнут в тоннель? Но это случится только в том случае, если его ребята не успеют.

— Ух ты, блин, успеют, я думаю! — громко сказал майор и хлопнул ладонью по столу. — Иначе быть не может!

Рано утром пятнадцать человек, молчаливо и тихо, до предела загруженные водой, патронами и снаряжением, покинули свое расположение и исчезли в джунглях.

— Я ни хрена не вижу, — пробормотал Воробей, идя вслед за Сергеем. — Это что такое творится, а? Где солнце? Почему так темно? Да еще этот чертов туман... Все три удовольствия — темнота, туман и этот проклятый лес! Еще кто-нибудь кинется в темноте...

— Тихо ты, Воробей, — прошептал Сергей, — а солнце съел огромный крокодил, помнишь такую детскую сказку?

— Какую еще сказку?! — опять же негромко возмутился Воробей и выругался: — Все ноги здесь переломаешь, пока дойдешь!

— Начался сезон муссонов, Андрюха.

— Чего?

— Ну, это... дожди начинаются. Как у нас осенью.

— Аа... Значит, прохладней будет?

— Не знаю... Я тут еще ни разу не был. Скорее всего будет очень сыро и холодно.

— Только бы туман рассеялся, — озабоченно проговорил снайпер, — а то ничего не видно. Как я стрелять буду?

— Будешь патронами кидаться! Они у тебя особенные. Тяжелые.

— Да пошел ты!..

— Разговорчики! — прошипел Бугай через плечо. — Сократить дистанцию! Не хватает еще здесь потеряться!

Сергей замолчал и прибавил шагу. Воробей тихо сопел в затылок и больше уже не ругался.

Страхи Воробья оказались совершенно необоснованными. Ночные обитатели джунглей и не собирались беспокоить осторожно пробирающийся в темноте спецназ. Они инстинктивно угадывали, что эти люди решительно настроены и от них исходит неосязаемая, но хорошо ощутимая волна агрессии. Прохладный ветер, налетавший порывами, с шумом шевелящий листья, далеко разносил по джунглям чужеродный запах смазанного и готового к бою оружия.

Сергей и не заметил, как начало светать. Он все время таращился прямо перед собой, стремясь не потерять из виду качающуюся впереди спину сержанта, и машинально передвигал ноги, порядком уставшие за пару часов хода. Когда Бугай остановился, он чуть было не ткнулся лицом в его рюкзак.

— Привал, — тихо обронил сержант. — Подошли к водоразделу.

Сергей, еле сдерживаясь, чтобы сразу же не упасть на спину, принялся шевелить прутом траву вокруг себя. То же самое принялись делать и остальные. Внезапно недалеко от него травяной покров вздрогнул и зашевелился, словно слегка сморщилась водная гладь, обозначая след идущей под ней торпеды. Испуганная гадюка резко взяла старт прочь от людей, и ее путь можно было легко проследить по быстро затухающим колебаниям стебельков.

Кто-то выругался.

— Альпинистов вперед! — негромко распорядился Ухтыблин и посмотрел на часы.

Двое спецназовцев подошли к скалам, задрали головы, коротко посовещались, потом вытащили веревки, крючья, карабины и полезли наверх. Вскоре они скрылись в тумане, лежавшем в распадке.

Через некоторое время (Сергей уже успел отдышаться и размять икры, покачивая ступнями в воздухе) с вершины, все еще закрытой от глаз плотным белым пологом тумана, слетели вниз несколько концов страховочных веревок.

На вершине майор определился по навигатору, удовлетворенно кивнул, но потом на всякий случай вытащил карту и компас. Еще раз проверив свое местоположение, он растолковал старшим групп их задачи, сверяясь с картой. С вершины водораздела открывался великолепный вид на окружающие холмы. Туман остался внизу, и мокрые джунгли сверкали под лучами солнца, которое наконец-то прорвало завесу облаков.

— Бугай, тебе вон туда, — ткнул пальцем перед собой Ухтыблин. — Видишь каменный палец? Да, левее от нас... там и ищи пещеру. Должна быть где-то рядом. Засаду поставь грамотно, людей не распыляй. Я на связи.

Бугай, прищурившись, сразу же захватил своими цепкими глазами невысокий каменный уступ, торчавший из листвы деревьев в паре километров ниже по склону.

— Вижу.

— Ну, давайте, ребята... Время, время!

Бугай поправил пулемет, висевший на груди, коротко скомандовал и первым двинулся по пологому склону вниз. Ухтыблин посмотрел ему вслед и отвернулся.

Сержант привел группу к каменному пальцу и уже от него пошел концентрическими кругами, внимательно посматривая по сторонам. Через двадцать минут он вышел на чистую от деревьев травяную площадку, в середине которой узким вытянутым островком росли кусты.

— Иди посмотри, Воробей, — негромко распорядился Бугай. — Похоже, там родник. Пригодится в случае чего.

Воробей одной перебежкой достиг зарослей и исчез за ними.

«Перестал Андрюха тигров бояться, — проводил его глазами Сергей. — Ишь, как смело прыгает по кустам. Да чего ему бояться? У нас вооружения хватит на стадо носорогов. Только носороги здесь вроде не водятся... или водятся? Да и черт с ними. Сейчас не до них».

Громкий испуганный визг прервал его размышления. Сергей и Бугай одновременно подняли оружие. Из кустов вывалился грязный кабан и, не разбирая дороги, прямиком кинулся в джунгли.

Бугай опустил пулемет, наклонился к земле и тихо засмеялся.

— Я представляю, как там Воробей чуть в штаны не наложил! — сдавленно выговорил он. — Подумал, что на тигра нарвался... Ой, не могу!

Сергей тоже собрался было пошутить на этот счет, но тут вдруг увидел, как ветки кустов раздвинулись, и оттуда показался Воробей, призывно махавший рукой.

— Нашел, что ли?! — приподнялся на одно колено сразу же ставший серьезным Бугай. — Вот это да... Ну, пойдем, посмотрим. Вот она, эта пещера! — выдохнул он и указал пальцем перед собой. — Точно вышли!

— Смотрите, — наклонился вперед Воробей, разглядывая узкую длинную впадину длиной около десяти метров. — Как обыкновенная яма, ни за что не догадаешься, что она может привести к плотине.

— Здесь уже кто-то спускался, — заметил Бугай, — вон там трава вытоптана, и камни набросаны. Как будто тропинка внутрь ведет.

Сергей, осторожно ступая, спустился по камням к входу, включил фонарик и заглянул внутрь.

— Там можно пройти. Прыгаешь вниз, и вроде тоннель какой-то начинается. — Он втянул ноздрями воздух. — Водой пахнет... поэтому здесь и кабаны залегли... Сырое место, не так жарко.

— Хватит там нюхать! — распорядился Бугай. — Занять круговую оборону! И за работу, парни! За работу!

Глава 9

Сид Бронсон рассуждал точно так же, как и русский майор. Он определил несколько возможных мест нахождения искомой пещеры и к самому вероятному отправился лично во главе своей группы, послав к остальным пещерам местных пограничников с «умником» Макферсоном. Макферсон пытался было протестовать, но полковник был неумолим. Он объяснил Сэму, что не может находиться одновременно в нескольких местах и там, где его нет, тоже требуется соображающая голова.

Бронсон несколько припозднился. После того как был рассчитан нужный заряд, ему пришлось искать дополнительную взрывчатку. В этом богом забытом захолустье, конечно же, не оказалось пластита, и его недостаток восполнили старыми добрыми толовыми шашками, в изобилии хранящимися на складе местного гарнизона.

Бронежилеты он приказал не брать. Зачем, если предстоящая операция заключалась только в том, чтобы просто заложить взрывчатку в безопасном месте?

Полковник никуда особо и не торопился. Сегодня вечером все должно закончиться.

Взрыв будет гигантской силы, он или разворотит основание склона и выбросит в реку массу породы, или сдвинет с места каркас плотины. А еще лучше, чтобы получилось и то и другое.

Полковник даже хмыкнул, на мгновение представив себе растерянное лицо русского майора. Интересно, что с ним сделают? Выгонят? Вряд ли. По большому счету майор не виноват. Не может же он предусмотреть все случайности... Скорее всего его отстранят от проведения боевых операций и поставят командовать учебной ротой.

Подумав об этом, Сид пожал плечами. Такова уж судьба военного. Два его приятеля, с которыми он вместе начинал службу еще сержантами, уже командуют подобными подразделениями. Боб провалил операцию в Ираке, разбив вертолет и заблудившись со своими людьми в пустыне, а рыжий шотландец Майк потерпел сокрушительное фиаско при ликвидации местного наркобарона в Колумбии. Хотя... Полковник вспомнил свою недавнюю встречу с Бобом. Старый приятель выглядел значительно лучше, чем перед отправкой в Ирак. Его кожа посвежела, речь стала неторопливее, движения спокойнее. Да и пил он явно меньше, чем обычно. Вот что значат полноценный сон и крепкие нервы. Полковник поймал себя на мысли, что он немного завидует и Бобу, и Майку. М-да, времена переменились... А началось все с Югославии. Тогда у бравого сержанта не было ни малейших сомнений в правоте своего дела, но вот сейчас его поседевшую голову начали посещать какие-то крамольные мыслишки. А ведь это самое страшное для солдата. Вопрос — «а правильно ли решили умные дяди из Пентагона, послав меня рисковать жизнью за тысячу километров от Америки?» — не всегда способствует выполнению боевой задачи. Конечно, сейчас Бобу легко. Он не задает себе ненужных вопросов. Да и Майк тоже. Сволочи!

Полковник так задумался, что не сразу сообразил, что вокруг него никого нет. Он быстро оглянулся, увидел своих людей, лежавших в траве на изготовку с оружием в руках, выдернул пистолет из кобуры и, выругавшись, распластался на животе, настороженно осматриваясь по сторонам.

Но никто не нападал на «зеленые береты», и смертник с поясом шахида не бежал на него, как тогда, в Кабуле.

Сид перевел дыхание и слегка ослабил давление указательного пальца на спусковой крючок. Уф... что же это он сразу не сообразил? Идущий впереди дозор подал сигнал «Внимание!», только и всего. Нервы, черт бы их побрал. Надо собраться и выбросить ненужные мысли из головы.

— Что у тебя, Джейкобс? — негромко спросил он по локальной связи. — Что ты там увидел?

— Вышли на поляну, сэр, — ответил ему чуть гнусавый голос с техасским растянутым выговором. — Судя по карте, пещера должна быть где-то рядом.

Джейкобс, тридцатилетний ветеран с совершенно лысой головой, говорил спокойно, и полковник окончательно взял себя в руки.

— Хорошо. Ты решил осмотреться?

— Да. Я осмотрелся, сэр. Все тихо.

— В чем же дело? Продолжайте движение!

— По-моему, у нас появилась проблема.

— Какая же? — ровным голосом поинтересовался командир группы. — Объясни мне, парень, что за проблемы могут появиться у богом забытой пещеры, да еще на территории дружественной нам страны?!

— Я вижу человека. Он находится на расстоянии примерно двести ярдов от нас. Он белый, сэр, в военной форме, которую я уже видел недавно. Помните, когда мы имели дело с русскими?

Бронсон сразу же все понял. Значит, майор уже там. Зря он представлял себе его огорченную физиономию.

— Что он там делает? Что он там делает, черт бы его побрал?!

— Э... ничего, сэр. Он просто сидит на камне и жует травинку, сэр.

— Ах, травинку, — зло пробормотал Бронсон, — ну-ну... Видно, у русских совсем плохо с продуктами. — И распорядился: — Ждите меня и держите его на прицеле.

Затем командир группы тяжело поднялся, засунул пистолет в кобуру и, уже ни от кого не скрываясь, в полный рост направился к головному дозору.

— Да, это тот самый парень, который говорил со мной. Интересно, что же он хочет? — «Зеленый берет» стоял за деревом и рассматривал в бинокль сидящего на камне Сергея.

— Он сидит совершенно открыто, сэр. Сдается мне, что он даже ждет кого-то, — решил высказать свое мнение Джейкобс.

— Он ждет нас, — зло бросил Бронсон. — Неужели это не понятно? Так явно подставляться... Или ты думаешь, что у этого парня здесь свидание с девушкой?

Джейкобс откашлялся и промолчал.

— Да, он ждет именно нас, — окончательно утвердился в своем мнении полковник.

— С чего вы так решили, сэр?

— Он все время посматривает в нашу сторону. Даже один раз чуть было не махнул рукой... Или мне показалось?

— Чертовы русские.

— Постой здесь, Джейкобс. Всей группе не надо выходить на поляну, пока я не вернусь.

— Да, сэр!

Сергей сидел на камне, жевал травинку и старался унять невольную дрожь в теле.

«Это мандраж, только и всего, — успокаивал он себя. — Ты что, первый раз так трясешься? Помнишь ту рубку на прикидке перед чемпионатом города? Когда против тебя выставили Алексеенко? Отличный парень с двумя очень крепкими руками и лошадиными легкими. Я тогда боялся? Боялся. И сейчас боюсь. Но тогда я знал, что он меня не убьет в любом случае. А сейчас? А сейчас меня могут именно убить. Вот в этом и вся разница. Скорее бы уж что-нибудь случилось, я ведь не железный!»

Сергей был уверен, что наверняка его держит на прицеле снайпер «зеленых беретов», прямо-таки физически чувствовал, как его внимательно рассматривают. Он попробовал принять беспечную позу, стал опять что-то напевать вполголоса, но потом передумал. Сделать вид, что он оказался в лесу совершенно случайно? Глупости. Если он ошибся в своих расчетах, то сейчас раздастся выстрел, и его глупая голова ткнется в траву, обозначая этим полный провал операции. Может, надо было сразу палить из пулемета?

О том, что «коммандос» давно уже подошли к поляне, спецназовец узнал по сработавшему датчику обнаружения. Тоненький, практически с волосинку толщиной провод был раскинут вокруг пещеры и замкнут на простейший приборчик, извещавший тоненьким писком о разрыве линии. Вот и все. Также приборчик указывал и направление, где произошел разрыв. Наверняка никто из «коммандос» не почувствовал, как его грубый ботинок порвал проводок, незаметно спрятанный в траве. На это проводок и был рассчитан.

Да, можно было бы начать стрелять сразу... но тогда «зеленые береты» одним броском преодолеют разделявшее их расстояние и ворвутся в пещеру. Он один не сможет им помешать. А этого допустить нельзя ни в коем случае. Что ж, придется тянуть время... Да что они там копаются?

Кубинец глянул на часы, потом, уже не скрываясь, вызывающе посмотрел в сторону, где прятались «зеленые береты». Сколько же можно трепать нервы? Если американцы думают, что он может целый час сидеть на камне в ожидании выстрела, то они здорово ошибаются. Хотя... спецназовец вздохнул и покачал мокрой от пота головой. Он просидит здесь ровно столько, сколько нужно. И чем дольше, тем лучше.

Наконец под деревьями появилась еле различимая на фоне джунглей человеческая фигура.

Сергей шумно выдохнул. Он заметил человека только потому, что знал, откуда он может появиться.

«Камуфляж отличный. Ба, знакомые все лица... ну, конечно, тот самый полковник... или нет? Да нет, он. Походка знакомая. Да, он».

Сергей подумал и решил подняться — все-таки полковник, хоть и не наш.

— Это ты, парень? — хмуро спросил Бронсон, подойдя совсем близко к Сергею. — Не думал я, что придется еще увидеться... Ну, что тебе надо? — Он осмотрелся и понюхал воздух. — Пахнет сыростью. Там, за кустами, пещера, ведь так?

— Вы быстро соображаете, полковник. — Сергей не стал изображать военную стойку, решив, что оказал достаточно уважения офицеру иностранной армии, и опять уселся, даже закинул ногу на ногу.

— Да, там пещера. Наши ребята заняли ее и расставили везде пулеметы. Бой будет долгим и тяжелым.

Полковник осмотрел русского спецназовца с головы до ног и сплюнул в траву. Этот парень уже начал его раздражать.

— Да что ты говоришь? Бой будет долгим и тяжелым? Надо же, как звучит! А если я тебе скажу, что боя не будет? Я вызову сюда подкрепление, мы просто возьмем вас в кольцо, и через некоторое время вы сдадитесь сами. Времени у меня полно, — соврал «зеленый берет». — Как тебе такой вариант?

— Не самый лучший, полковник, — пожал плечами Сергей, кусая травинку. — Я вам скажу, что он мне не очень нравится.

— А, кстати, почему я говорю именно с тобой? Где ваш майор?

— Увы, его здесь нет. Я за него. — Сергей развел руками, вздохнул и огорченно поцокал языком.

Полковник вдруг перестал злиться. Он отступил на шаг от спецназовца, упер руки в бока, внимательно осмотрел его и тихо сказал:

— А ведь ты тянешь время, сынок. Ты просто тянешь время. Если майора нет рядом с тобой, это значит, что ты со своими людьми — всего лишь второстепенная группа. А майор координирует ваши действия?

Сергей ругнулся про себя. Плохой из него актер. Да, опытный мужик этот Бронсон, такого не проведешь.

— Ну, проваливайте отсюда! — махнул рукой Бронсон. — Никаких переговоров не будет, сейчас все козыри у меня на руках. И мой ход — первый. Скажешь своему командиру, что отступил перед превосходящими силами противника. Он у вас толковый парень, он поймет. Мы оба знаем причину, по которой здесь очутились. Мне надо войти в пещеру, а у тебя приказ не допустить этого. Значит, ты хочешь умереть прямо здесь?

— Нет. — Сергей поднял голову и осмотрелся. — Здесь я не хочу умирать.

— Наконец-то мы договорились, — хмыкнул «зеленый берет». — Вы сейчас уйдете отсюда, минут пять я вам дам. Твоя солдатская совесть будет спокойна, ведь вы ничего не сможете сделать против моих головорезов. А там придумаешь что-нибудь для своего начальства. Чтобы через пять минут вас тут не было! Черт с вами, живите!

— Мы подумаем, полковник, — встал с камня Сергей.

— И думать здесь нечего! — отрезал Бронсон — Пять минут!

Он резко повернулся и пошел обратно, раздраженно сбивая ботинками высокую траву. Непредвиденная задержка... Ну да ладно. Русские должны уйти, ведь не дураки же они. Он войдет сегодня в эту пещеру в любом случае. Либо по их трупам, либо без них.

Глухой утробный взрыв потряс почву у него под ногами. Бронсон подпрыгнул и упал. Сначала ему показалось, что он наступил на противопехотную мину, потому что почувствовал удар по ступням. Лежа в траве, быстро осмотрел себя — нет, все в порядке, ноги целы. Он быстро обернулся. Из-за кустов, от которых он недавно отошел и куда скрылся русский спецназовец, в воздух вылетел клуб пыли вперемешку с комьями земли и мелкими камешками. Через несколько секунд они с шумом осыпались на поляну, прибивая траву к земле.

— Сэр, — негромко окликнул его стоящий за деревом Джейкобс, — вы в порядке? Вам нужна помощь?

Полковник молча и умело дополз до него и только там поднялся на ноги.

— Что это было, сэр?

Бронсон, не отвечая, поправил наушник на голове.

— Внимание всем! — тихо сказал он. — Русские взорвали пещеру и наверняка засыпали тоннель. Выход к реке закрыт. Эти идиоты подписали себе смертный приговор. — Он перевел дыхание и постарался взять себя в руки, чтобы не выдать голосом охватившую его ярость. — Я приказываю уничтожить всю группу, до единого человека. Всю! В плен никого не брать!

Атаку на отдельно стоящий укрепленный объект «зеленые береты» начали стандартно, согласно всем канонам воинского искусства.

Сначала они использовали ручные базуки. Поднялся неимоверный грохот. С оглушительным лопающимся звоном гранаты покидали направляющую трубу гранатомета, с шипением преодолевали две сотни метров и врезались в камни, кусты и некрупные деревья, окружавшие по периметру пещеру. Некоторые гранаты, скользнув по пологой поверхности валунов, с глухим стуком рикошетили, взлетали вверх над джунглями и там взрывались от срабатывания ликвидатора.

Дым, гарь и запах сгоревшей взрывчатки закладывали ноздри. Сергей поставил между коленями автомат, зажал руками уши, открыл рот и пригнул голову к груди. Он посмотрел на Бугая, сидевшего рядом в тоннеле пещеры, и едва сдержал нервный смех. Уж очень забавно выглядел сержант с открытым до предела ртом и выпученными глазами. Периодически Бугай отнимал руки от ушей и напряженно прислушивался к чему-то до тех пор, пока очередная серия разрывов не заставляла его снова сжимать голову.

«Чего он там слушает? Что сейчас можно услышать? Один несмолкаемый грохот... Но ведь Бугай явно знает, что делает! Ладно, потом спрошу, — мельком подумал Сергей и представил себе картину творящегося ада на поверхности. — Как хорошо, что мы успели спрыгнуть в пещеру. Были бы наверху, никто бы не уцелел».

Иногда взрывы сотрясали землю совсем близко, и тогда Сергей покачивался из стороны в сторону от колебаний почвы. Он морщился, сплевывал поднявшуюся в тоннеле пыль и мотал головой, сбрасывая с кепки насыпавшийся на нее песок.

Казалось, гранаты у «зеленых беретов» никогда не кончатся. Взрывы следовали сплошной чередой, по пещере работало не менее пяти быстро перезаряжавшихся гранатометов.

— Вставай! — вдруг заорал прямо в лицо Сергея склонившийся к нему сержант. — Слышишь, атака началась!

Сергей оторвал руки от ушей и завертел головой. Он услышал слабый треск, доносившийся из затянутого пылью проема с неровными краями, и ему показалось, что кто-то там, невидимый, стоит и разрывает руками кусок материи. Только рвет как-то странно. Дернет, подождет, потом опять дернет.

«Черт, да это же автомат! Так вот что хотел услышать Бугай. Он боялся прозевать атаку, — наконец-то сообразил он. — Это автоматы прикрытия... Да, началось. Надо вставать».

Атака спецназа отличается от обычного наступления пехоты. Различие заключается в численности атакующих. Их мало, и они по сотне раз отрабатывают взаимодействие в бою. Обычно группа делится на тройки, которые идут бросками, прикрывая друг друга. Когда один перезаряжает оружие, двое других скупыми очередями прикрывают его действия, не давая противнику сосредоточить на нем прицельный огонь. Если бойцы внимательно следят друг за другом, вовремя поддерживают напарников, то такая группа неудержимым валом, непрерывно стреляя, очень быстро подкатывается к ошеломленному врагу с минимальными потерями и обрушивается на него собранным кулаком.

«Зеленые береты» превосходно владели этой тактикой. Но они не учли, что их противник точно так же обучен подобным приемам атаки.

— Работаем! — заорал Бугай и одним рывком выбросил пулемет с сошками за полуразрушенный валун. Четверо бойцов выскочили вслед за ним из пещеры и, спотыкаясь на горячих от взрывов осколках камней, чихая от вони сгоревшего тола, приготовились обороняться. Злой и сосредоточенный Воробей быстро снял чехол с прицела СВД и встал рядом с Бугаем. Короткоствольную, приспособленную для ближнего боя снайперскую винтовку он бережно положил рядом собой. Если им повезет, то именно пара пулеметчик—снайпер и решит исход стремительной атаки «зеленых беретов».

Вопреки распространенному мнению пулеметчик совсем не должен стараться уничтожить как можно больше солдат противника. Стрелять по одинокому солдату — это обязанность снайпера или автоматчика, его задача — прижать атакующих к земле, чтобы лишить их возможности двигаться вперед.

Бугаев хорошо знал свою задачу.

Первая же длинная очередь из ПК точно пришлась по перемещающимся фигуркам в светло-зеленых камуфляжах. Взлетели в воздух трава и комья земли. Цепочка бойцов, быстро двигавшаяся вперед в идеальном шахматном порядке, сразу же залегла. И тут же ровно, практически через одинаковые интервалы времени, загремели выстрелы Воробья.

Снайперская винтовка Драгунова давно уже морально устарела. По точности и кучности она во многом уступает зарубежным образцам. Но в одном она превосходит своих собратьев — благодаря десятизарядному магазину это оружие отлично поддерживает плотный огонь при отражении атаки. Хорошему снайперу надо всего лишь секунду-полторы, чтобы вернуть ствол в прежнее положение, захватить цель и выстрелить.

Бугай, оскалившись, поливал подбиравшийся к пещере американский спецназ длинными очередями, а Воробей быстро осматривал сектор обстрела, замечал падающего в траву атакующего «зеленого берета» и посылал в него две-три пули.

Высокая трава значительно затрудняла ответную стрельбу нападавших. Они практически стреляли наугад, целясь в направлении пещеры. Зато Воробей бил на выбор, выискивая наиболее вырвавшихся вперед бойцов.

По валуну, за которым лежали снайпер и пулеметчик, хлестнуло несколько прицельных очередей.

— Смена! — заорал Бугай. Он выругался, быстро обтер лицо от впившихся в него каменных крошек, схватил пулемет за сошки и ринулся на противоположную сторону ямы. Пригнулся, отсоединил пустую патронную коробку и попытался быстро вставить другую. Но он торопился, и у него ничего не получалось. Сержант выругался и попытался сильным ударом ладони защелкнуть фиксатор. Тяжелая коробка сорвалась с защелки и упала ему под ноги.

— Тихо, Витя, — буднично сказал ему прямо в ухо нагнувшийся Сергей, — спокойней. Мы их держим, Витя. А ты пока разберись тут. — Он хлопнул Бугая по плечу, выпрямился и крикнул: — Работаем, братишки! Воробей!

Теперь его автомат стрелял, не переставая, а когда Сергей менял магазин, то над поляной трещали автоматы его товарищей.

Атакующие, сначала дрогнувшие было под плотным огнем пулемета, снова зашевелились и покатились вперед. Винтовка Воробья гремела, не умолкая, и Сергей уже сам видел, что несколько «зеленых беретов», разбросав руки, безжизненно лежат в траве.

Можно быть сколько угодно тренированным физически, совершать немыслимые переходы, не спать сутками и довольствоваться сырыми змеями на завтрак, но все эти воспитанные и привитые навыки не заменят слегка измененного гена ДНК, который присутствует в организме российского солдата. Этот странный феномен вырабатывался в результате бесчисленных войн еще со времен образования государства, и ему нет объяснения. Его можно лишь констатировать. Он называется — стойкость в бою.

Страшно ли было Сергею? Очень. В первые секунды боя он просто боялся поднять голову.

Ему казалось, что все пули летят прямо в него. Его тело била крупная дрожь, ему было стыдно, но он просто физически не мог стрелять. Но потом он увидел сержанта и Воробья. Их лица, такие разные в обыденной обстановке, сейчас стали неуловимо похожи. Злой прищур глаз и осознание того, что надо делать боевую работу — вот что их объединяло.

Одинцов помотал головой, выругался и поднялся.

Через минуту, меняя отстрелянный магазин, он с невероятным удивлением поймал себе на том, что не прячется, а меняет магазин на ощупь, как и учили, не спуская при этом глаз с атакующих.

А «зеленые береты» все приближались. Не совсем эффективное огневое прикрытие снайпера позволило им совершать более длительные перебежки.

— Не дать им подойти на бросок гранаты! — прохрипел Бугай и высунул голову из ямы, осматривая поле боя. — Тогда всем хана! По моей команде бросаем гранаты и идем в «рукопашку»!

Сергей опустил руку вниз и провел ладонью по поясу. Да, вот рукоять ножа, а вот кармашек для гранат. Да, все на месте. Две «лимонки» и две «эргедешки». Хватит.

Бежать и спрятаться в траве даже не пришло ему в голову. Впрочем, как и всем остальным.

— Все ясно, Витя, — негромко ответил он, даже не сержанту, а самому себе.

«Ну что ж... Сейчас они еще пару бросков сделают и навалятся с флангов. Грамотно работают. Надо бы только спину не подставлять, а всей группой на них выскочить. Ну, Бугай разберется, что к чему... Надо бы магазин для «рукопашки» оставить. Ох, и весело будет!»

Сергей сцепил зубы и перехватил автомат, ожидая удобного момента.

Внезапный грохот выстрелов совсем рядом заставил его вздрогнуть. Бугай все-таки привел свое оружие в боевую готовность. Он точно уловил момент, когда «зеленые береты» приготовились разделиться для атаки с обоих флангов, и открыл ужасающий огонь.

От пулемета калибра семь, шестьдесят два нет спасения ни в лесу, ни в поле. Винтовочная пуля образца 1943 года пробивает практически любое дерево и легко крошит кирпич в пыль.

От длинных очередей Бугая затряслась земля. Горячие пули со стальным сердечником с громадной силой вонзались в грунт, в траву, оставляя после себя длинные черные полосы.

Сразу же зашипела и винтовка Воробья. Он отбросил СВД в сторону и схватил свою любимую «бесшумку», которая очень эффективна на дистанции до сотни метров.

И «зеленые береты» дрогнули. Не выдержав столь беспощадного «избиения», они сначала остановились, а затем, не поднимая головы, поползли обратно.

Глава 10

Во время обстрела из базук Бронсон, сидя спиной к пещере и спрятавшись за дерево, задумчиво курил сигарету. Он размышлял о том, как будет докладывать о неудаче. Представил, как берет трубку телефона и, стараясь говорить уверенным голосом, рассказывает о диверсионной группе противника, которая, использовав местных проводников и хорошее знание местности, первой сумела выйти к исходной точке. И которая после подрыва тоннеля была полностью уничтожена. Так, что ли? Нет, не так. О ликвидации группы следует доложить сразу. Желательно, с предъявлением вещественных доказательств. Как отнесутся к этому в Центре? Этого полковник не знал. Естественно, там будут очень недовольны задержкой, но ведь не все в жизни получается так, как хочется. Особенно в военной жизни. Но он крепко надеялся, что сегодняшний удачный бой пригасит волну недовольства. Шутка ли, полное уничтожение группы русского спецназа!

Бронсон хмыкнул. Ну, хорошо. Пусть пока так и будет. А потом они с Макферсоном что-нибудь придумают.

Он отбросил сигарету, развернулся, поднял к глазам бинокль и стал наблюдать за начавшейся атакой своих парней.

Сначала все шло просто отлично. «Зеленые береты», словно на учениях, слаженно бросились вперед. Бронсону даже немного жалко стало того слегка самоуверенного паренька, с которым он разговаривал перед боем. Интересно, сколько он проживет? Полковник на секунду призадумался и решил про себя: пусть русский спецназовец проживет ровно столько времени, сколько потребуется ему для понимания того, что «зеленые береты» — это самый лучший спецназ в мире. Пусть осознает это, прежде чем поднимет руки вверх или поймает в лоб горячую пулю. Но лучше, конечно, взять его живым. Пусть полностью поймет свое ничтожество.

В этом месте логично следовавших друг за другом цепочек собственных умозаключений полковник крякнул. Несмотря на его разыгравшееся воображение, он как-то не мог представить себе русских, покорно поднявших руки и стоящих на коленях. Это не вязалось с той информацией, которую он успел собрать и которая появилась у него в результате недавнего личного общения. Та неприятная встреча в распадке... К сожалению, нет. Неприятное чувство подсказывало опытному бойцу, что «эти» на колени не встанут. Ну, что же... тогда будут полностью ликвидированы.

Длинные очереди из пулемета заставили его нахмуриться.

— Что за дьявольщина? — раздраженно пробормотал Бронсон и плотнее прижал окуляры к глазам.

Разумеется, он ожидал сопротивления, но чтобы такого... Он сразу же понял, какую огромную опасность представляет для атакующих умело работавшая пара снайпер—пулеметчик.

Затаив дыхание, полковник считал метры, преодолевавшиеся с таким трудом его парнями, и считал секунды, через которые, по его мнению, русские должны были сломаться и дрогнуть.

Уже скоро... да, скоро... тем более что у русских внезапно замолчал пулемет. Это просто великолепно... Одиночный автомат, трещавший над поляной, вряд ли остановит атакующих. Но снайпер! Он отлично подготовлен и совсем не паникует... Как хладнокровно стреляет, словно в тире!

Бронсон стукнул кулаком по дереву и перевел дыхание. Он сознательно не хотел смотреть туда, где уже лежали и не поднимались безжизненные фигуры в камуфляжах, плохо различимые в траве.

Какая жалость, что он не может поддержать огнем своих ребят! Это невозможно... слишком маленькое расстояние для навесной стрельбы из подствольника, есть риск задеть своих.

Ну же, Микки! Давай, черт бы тебя побрал! Заворачивай фланги! Уже немного осталось... а потом гранаты, и дело с концом!

С первых же выстрелов внезапно ожившего пулемета, который превратил в горячий ад расстояние последнего броска для «зеленых беретов», кромсая землю перед ними, к полковнику пришло внезапное и ясное осознание неудачи.

— Отбой, Микки! — закричал он в переговорное устройство. — Всем назад! Всем ползком! Я прикрою!

Глава 11

Ухтыблин, отправив своих ребят на задание, с тремя оставшимися бойцами поспешил обратно. Еще в джунглях он услышал идущий сверху, из-за облаков, гул вертолетного двигателя. Майор вышел на полянку и остановился, задрав голову. Вместе с ним остановились и спецназовцы.

Хищный силуэт «Ми-24» выплыл из-за деревьев и, хорошо видимый на фоне громадного белого облака, быстро начал снижаться.

— Прилетел, значит, — удовлетворенно буркнул под нос Ухтыблин. — Еще бы не прилетел... Я бы на его месте пешком пришел.

— Вы мне, товарищ майор? — обернулся к нему боец, шедший впереди.

— Иди, иди, — махнул рукой майор, — не задерживай движение.

Возле барака, спрятавшись под навесом, сидел Разумовский со своей неизменной синей спортивной сумкой.

— Иваныч! — заорал он, вскакивая и разводя руками. — Родной ты мой! Где тебя черти носят?! В гости позвал, а самого дома нет! Я уже невесть что начал думать.

— Служба, Палыч, служба, — деловито проговорил майор, здороваясь с Разумовским. — Ну, пойдем ко мне. Поговорим за жизнь нашу грешную.

— Пойдем, Иваныч! — подхватил свою сумку летчик.

— Проходи, располагайся, — открыл ключом дверь Ухтыблин. — Сейчас я тебе замечательный фильм по «видаку» поставлю. Самый свежий, двухгодичной давности! Свежее в этом поселке не бывает. Там еще этот актер играет... как его... который сигает.

— Стивен Сигал, что ли?

— О! — поднял вверх указательный палец Ухтыблин. — Он самый. Между прочим, неплохое пособие по бою в ограниченном пространстве. Я его специально для ребят взял. Фильмец натянутый, конечно, но кое-что почерпнуть можно.

— Погоди, Иваныч, — растерянно выпрямился Разумовский, — ты что, на фильм меня звал?! А как же?..

— Картошка в постном масле и селедочка с лучком?

— Ну да. — Разумовский не смог сдержать глотательного движения, которое совершает человек, на долгое время оторванный от привычной пищи. — Тьфу, ты, черт! Видишь, у меня уже кадык дергается, а ты меня какое-то дурацкое кино усаживаешь смотреть!

— Да не смотри ты на меня так тревожно, словно собака на уходящего хозяина! — уже открыто улыбнулся майор. — Не обманул я тебя.

Все есть, все вчера привез. У тебя сколько времени имеется?

— Ну, до вечера, — пожал плечами Разумовский. — Я в полетном задании написал: «отработка навыков пилотирования над горным районом. Тренировочный полет». Курсант на месте штурмана сидит. А что?

— Нужен ты мне, Сережа. Очень нужен. Присядь-ка на табуретку.

Летчик взглянул на сразу ставшее серьезным лицо майора и сел, не отводя от него взгляда.

Рассказ майора занял сорок пять секунд.

— Ты сошел с ума, конечно, — совершенно спокойно заключил Разумовский. — Спрашивать у тебя, понимаешь ли ты, в какую историю меня втягиваешь, я не буду. Ты военный человек и понимаешь, что приглашаешь меня участвовать в военном преступлении.

— Понимаю, — легко согласился майор и достал из холодильника пластиковую бутылку минералки. — Давай выпьем.

— Ты сдурел, — забарабанил пальцами по столу летчик, глядя перед собой застывшим взглядом. — Выбросил ребят по ту сторону границы и теперь думаешь, что я соглашусь принять участие в твоей авантюре?

— У нас не было другого выхода. Кстати, твой курсант вертолет поднимет?

— Да куда он денется? — рассеянно ответил Разумовский. — Погоди! — вдруг спохватился он. — Как это — курсант поднимет? А я? Куда ты меня определил в своих сумасшедших планах?

— Ты полетишь на «Ми-8», который на травяной площадке за поселком стоит.

— Да он же на консервации!

— Это твоя машина?

— Ну да... Иваныч, ты действительно сумасшедший или так удачно сейчас шутишь?! Никуда я не полечу! И курсант тем более! Не хватает мне еще без пенсии из авиации вылететь!

— На, попей. — Майор перегнулся через стол, протягивая Разумовскому пластиковый стакан с минералкой. — Помнишь, как ты меня забрал с ребятами с Лесистого хребта?

— Что?! Что ты сказал?! — Разумовский подался вперед, пристально вглядываясь в майора. Спустя несколько секунд он тихо выругался, ошарашенно покачивая головой. Его лицо под загаром побледнело и осунулось. Из веселого, жизнерадостного бодрячка он внезапно превратился в постаревшего человека, придавленного нехорошими воспоминаниями.

— Вспомнил, — хмыкнул Ухтыблин, — по глазам вижу — вспомнил.

— Так это был ты тогда?

— Я, Сокол... я. У тебя же тогда позывной Сокол был?

— Да. Как у Мимино... Ну и ну... вот так встреча!

— Все в жизни бывает, — махнул рукой Ухтыблин. — Жизнь, она такая... иногда покруче твоего Сигала кино закручивает.

Разумовский ругнулся еще раз, машинально поднес стакан к губам и вдруг хрипло спросил:

— А водка есть? Водка есть, спрашиваю?!

— Все есть, Серега. Но позже. Вот парней вытащим, тогда и выпьем.

— Я помню, как мы с тобой остатки твоих ребят собирали.

— Да, Серега. Тогда мы не успели, ребята взорвались на своих гранатах, чтобы не сдаваться в плен.

— Я знаю, что они ждали меня, — отрешенно заговорил Разумовский. Стаканчик в его руках захрустел. — Я проскочил тогда мимо, не увидел их, черт бы меня побрал, я прошел над другой стороной хребта, сделал круг, но было уже поздно!

— Сейчас полетишь? — подался вперед майор, впиваясь взглядом в лицо Разумовского.

— Полечу! Только надо заправиться.

— Керосин уже готов, Серега.

— Когда взлет? — поднялся с табуретки Разумовский.

— А как же пенсия?

— Хрен с ней, с пенсией! Тогда твои ребятки меня не дождались, но сейчас я уже не опоздаю!

— Да погоди ты... сядь. Может, и лететь не придется.

Разумовский, метнувшийся было к двери, остановился на середине комнаты.

— Как это?! Выручать же надо пацанов!

— Как только будет сигнал, тогда и полетим. Да, чуть не забыл.

Майор, тоже как-то постаревший, тяжело встал, подошел к сейфу, открыл его и вытащил листок с напечатанным текстом.

— На, смотри, — тихо сказал он. — Это приказ о том, что ты со своей вверенной техникой поступаешь в мое полное подчинение. Подписан твоим шефом.

Разумовский несколько раз прочитал приказ, потом даже поднял листок и посмотрел на печать.

— Ты еще обнюхай и оближи его, — усмехнулся Ухтыблин, опять усаживаясь на стул. — Мой шеф позвонил твоему шефу и все решил за пять минут. В Конторе веников не вяжут.

— Да что же ты сразу мне...

— Тихо, товарищ пилот первого класса Сергей Павлович, не шуми. Чувствую я, что денек еще не закончился. Нервы нам еще пригодятся. Ты иди пока посмотри, как там твоя «вертушка». Машина возле дверей стоит, я сейчас распоряжусь.

— Сэр? — обернулся к полковнику Джейкобс. — Вы слышите, сэр?

— Что там еще?! — Сид Бронсон, только что отдавший все необходимые приказания по рации, злой и бледный, резко повернулся к сержанту.

— Вертолет, сэр, — указал пальцем в небо Джейкобс.

Бронсон прислушался и поднял голову. Теперь он расслышал звук летевшего вертолета за облаками, но определить, откуда он приближается, полковник не мог. Конструкция российского вертолетного движка такова, что предполагает обнаружение боевой машины только лишь в том случае, когда она окажется в пределе прямой видимости противника, но никак не раньше. Эффект рассеивания звука помогает оставаться пилоту незаметным вплоть до начала атакующих действий. Кстати, с учетом подобных требований собран и танковый двигатель.

Полковник завертел головой во все стороны.

— Вот дьявол, откуда он идет? Ты что-нибудь видишь, Джейкобс?

— Нет, сэр. Только слышу пока.

— Наблюдать только за небом, Джейкобс! Тебе — только за небом!

— Есть, сэр! А может, это наши?

— Хотелось бы. — Бронсон посмотрел на часы. — Но вряд ли наши так быстро прилетят, им еще минут сорок воздух лопатить. Я не знаю, сержант, кто это! — зло выругался командир группы. — Сейчас все равно увидим, кто бы это ни был. Он явно приближается. На всякий случай приготовить базуки. Если это не наши... Что ж, когда он сядет, превратим его в маленький, но очень яркий костер в джунглях. Хоть согреемся.

— Есть, сэр! — с готовностью откликнулся сержант, но особого торжества в его голосе не чувствовалось.

Полковник отвернулся и пустым взглядом уставился в ствол дерева перед собой. Он прикидывал, все ли сделано так, как надо.

Его парней уже не вернуть... восемь человек, матерь божья! Это много, очень много. Но отступать Бронсон не собирался. Он вызвал по рации подкрепление и минометы. Пока эта проклятая пещера не превратится в кипящий котел от разрывов и пока трупы русских не окажутся на поверхности... В пещеру они не полезут, ведь они сами завалили взрывом тоннель в ней... вот только тогда он и успокоится. И уйти он русским не даст. По открытому пространству они прорываться не рискнут, у Бронсона тоже есть пулемет и снайпер. Плохо только то, что они не могли поддержать своих во время атаки, не будешь же стрелять в промежуток между атакующими «зелеными беретами».

— Вижу, сэр!

Бронсон повернулся, и Джейкобс пальцем указал направление.

Из-за белых, нависших над джунглями облаков внезапно вывалился вертолет и стал снижаться прямо над пещерой. В бинокль полковник рассмотрел на его борту опознавательный знак Индии. Ага, транспортник! Вооружен только двумя боковыми и одним курсовым пулеметом. Иногда на него вешают ракеты, но это в крайнем случае. Неплохой «борт» и довольно широко распространен на Востоке. Русские умеют делать выносливые и неприхотливые боевые машины. Впрочем, так же как и американцы.

«Нет, черт возьми! — злорадно подумал Бронсон. — Вы меня не обманете! Индия, значит? А какой же еще символ будет на вертолете? Русская звезда, что ли?! Нет, ребята... Это майор вернулся за своими парнями. Молодец, такого врага приятно убивать, хотя он безрассудно идет прямо на верную смерть».

Он невольно оценил высокий класс экипажа. Русский пилот заходил на посадку быстро и точно, сохраняя предельно допустимую скорость, не совершая облетных кругов и определяя направление ветра по колышущимся веткам деревьев.

Полковник хищно оскалился, показывая зубы, словно волк свои клыки перед дракой.

— Расчет гранатометчиков ко мне! — приказал он, не оборачиваясь, и сержант сразу же продублировал его распоряжение. Команда пошла дальше, передаваясь по цепочке измазанных грязью и кровью и еще не остывших после атаки «зеленых беретов». Зашевелились кусты, и к Бронсону подошли двое спецназовцев, стандартный расчет безоткатного орудия — гранатометчик и заряжающий.

— Сейчас он сядет, — кивнул Бронсон на снижающийся вертолет. — Огонь по моей команде!

Гранатометчик присел на одно колено, быстро поднял прицельную рамку и сбросил флажок предохранителя. Заряжающий одним движением вогнал в трубу «выстрел». Вся группа «зеленых беретов», рассредоточившись в кустах, не спускала глаз с отчаянного пилота, который, чтобы спасти русский спецназ, пошел на верную смерть.

— Сэр!

— Ну, что еще? — проворчал полковник, не отрываясь от бинокля. — Джордж, погоди. Погоди! Чтобы уже наверняка... Сейчас они загружаются. Пилот правильно сел, открытый люк находится с другой стороны. Еще немного. Я прямо чувствую, как русские радостно запрыгивают на борт, наивно думая, что все уже закончилось... еще немного, Джордж.

— Держу их на прицеле!

— Молодец, держи! Сейчас...

— Сэр, еще один вертолет!

— Что?!

— Боевой вертолет ударного класса, сэр, делает круги прямо над нами!

Бронсон поднял голову и сразу же увидел винтокрылую машину, разворачивающуюся над холмами. Он, как и остальные, не слышал звука внезапно подлетевшего «Ми-24», так как пилот транспортника не заглушил свой двигатель.

«А вот это уже неприятно. Дьявол, да это же «крокодил»! Кажется, так его называют русские. Если он сейчас по нам врежет из всех ракет, то мало не покажется!»

Бронсон в каком-то странном оцепенении смотрел, как вертолет, заложив крутой вираж, выровнялся, слегка опустил нос и понесся прямо на засевший в кустах американский спецназ, словно с крутой горки, с каждой секундой увеличивая свою скорость. Узкая, вытянутая кабина пилота блеснула на солнце. Бронсон просто физически почувствовал, как летчик приник к прицелу.

— Заход на боевой курс, сэр, — сдавленно доложил Джейкобс.

— Рас... — Бронсон осекся, но потом набрал в легкие побольше воздуха и громко заорал, не надеясь на рацию: — Рассредоточиться! Всем рассредоточиться! Дистанция полсотни метров!

Он оглянулся, нашел рядом яму, засыпанную листьями, и с размаху прыгнул в нее, стремясь вжаться в землю как можно плотнее. «Зеленые береты» бросились врассыпную. Затрещали кусты. Несмотря на отчаянность ситуации, полковник невольно усмехнулся. Парни в его группе не были новичками, и они прекрасно представляли себе ударную мощь вертолета, предназначенного для быстрого и эффективного подавления огневого сопротивления на земле, много раз видели, как это безжалостно и умело делают их родные воздушные силы.

«Сейчас, — прислушиваясь к неотвратимо нарастающему гулу, лихорадочно думал Бронсон, — вот, сейчас... Интересно, сколько останется в живых? Наверняка это моя последняя командировка. Интересно, сможет ли Лиззи выплатить кредит без меня? Сможет... страховка достаточно большая. Перейду к рыжему шотландцу, будем вместе пить виски по выходным... Ну, сейчас!»

Он сдавил уши руками, чтобы ослабить воздействие ударной волны, но ничего не услышал, кроме ужасающего рева двигателя вертолета, выходящего из пике прямо над его головой. Пригибаемые мощной волной воздуха, ветки деревьев бешено затряслись, посыпая землю вокруг листьями и мелким мусором.

«Повторный заход? Зачем? Черт! А как же транспортник?!»

Бронсон вскочил на ноги. Сержант Джейкобс, словно привязанный, все так же стоял возле дерева и, выполняя ранее отданный приказ, все так же наблюдал за небом.

«Молодец, парень, — отстраненно подумал командир группы. — Надо дать ему отпуск, что ли. Единственный остался на ногах».

— Транспортник ушел, сэр. В южном направлении.

Бронсон не стал даже поднимать бинокль. Привалившись спиной к стволу дерева, он медленно сполз на землю и тихо проговорил:

— Осмотреть пещеру. Собрать трупы. Джейкобс, займись.

— Есть, сэр.

Сержант распорядился по рации, и «зеленые береты», уже не скрываясь, в полный рост вышли на поляну, по которой они еще недавно ползали под огнем пулемета.

Джейкобс присел рядом с командиром, бросил винтовку в траву, вытащил из рюкзака плоскую фляжку и открутил крышку. Полковник, не говоря ни слова, забрал у него фляжку, сделал пару хороших глотков и вернул емкость обратно.

— На вертолете не было никакого вооружения, — сказал негромко сержант, прикладываясь к горлышку. Он не добавил обычного обращения «сэр», но полковник не обратил на это внимания. — Когда он выходил из пикирования, я внимательно рассмотрел его брюхо. Там не было ни одной ракеты.

— Кто-нибудь это еще видел? Дай-ка сюда фляжку.

— Вряд ли... Я думаю, что все лежали мордой в землю.

— Если ты об этом кому-нибудь расскажешь, то у меня будут большие неприятности, Джейкобс. А потом я тебя просто придушу.

— Я знаю, сэр, — равнодушно кивнул сержант и допил виски. — Единственная просьба... заберите меня, когда будете уходить куда-нибудь.

— Заберу, Джейкобс. Если получится... Пойдем посмотрим, что там.

Полковник тяжело поднялся, пошатнулся, но устоял на ногах и выбрался из кустов.

Глава 12

—Разрешите? — Сержант Бугаев стукнул в дверь и заглянул в комнату.

— Заходи, Витя, — кивнул Ухтыблин. Майор сидел на кровати в тельняшке, в просторных штанах от маскхалата, босиком и смотрел «видак». В руке у него была зажата бутылка колы.

— Приехал какой-то иностранец, товарищ майор. Болтал что-то непонятное, пока я Кубинца не позвал. В общем, хочет вас увидеть.

Майор обернулся и с трудом сдержал ухмылку. Вся физиономия сержанта была заклеена пластырем, а от уголков рта к ушам, закрывая запекшиеся порезы, тянулись густые йодовые полосы.

— И вы тоже смеетесь, товарищ майор! — возмутился Бугай. — Сейчас я пойду и смою это все к черту, даже на улицу не могу выйти, все на меня оборачиваются, как на какое-то чудовище! А вчера я услышал, как Кованый сказал: «Всем отбой, спать, а то я сейчас Вурдалака позову!»

— Я тебе умоюсь, сержант! — погрозил пальцем Ухтыблин. — Здесь тебе не Кавказские Минеральные Воды! Знаешь, сколько здесь паразитов летает и ползает! Занесешь инфекцию, а потом возись с тобой. Да и я без заместителя останусь! Потерпишь! Лучше скажи, как там Боцман? Что у него?

— Да ерунда, — мрачно ответил Бугай, — лучше, чем у меня. Мышцы на плече перебиты, рука в гипсе. Врач говорит, что его в город на операцию везти надо, что-то там сшивать, что ли.

— Дурак ты, Витя, — вздохнул майор, — твоя физиономия через пару недель заживет, а вот с Боцманом повозиться придется. А как Воробей?

— Нормально. Левый глаз промыли, забинтовали пока.

Майор встал с кровати, подошел к шкафу и вытащил из недр шкафа свой парадный китель и новенькие берцы.

— Придется одеваться по форме, — объяснил он смотревшему на него Бугаю. — Все-таки иностранный офицер... а я в одном исподнем выйду. Непорядок ведь? Иди скажи, что я его сейчас приму. Скажи, что господин майор почивал после трудов праведных и сейчас изволит одеваться. Кофе господин майор пить не будет.

Бугай покрутил головой, сказал «Есть!», кашлянул, хотел что-то еще добавить, но сдержался и аккуратно закрыл дверь.

Майор, немного смущаясь под изумленным взглядом дежурного, который, вскочив, отдал ему честь, что, в общем-то, было и необязательным, вышел на крыльцо барака.

Сергей, засунув руки в карманы и катая носком берца камешек, молча стоял возле открытого джипа, на котором приехал американский полковник. Бронсон, развалившись на сиденье и отвернувшись в сторону, хмуро жевал в зубах потухшую сигару.

«Высокие договаривающиеся стороны не пришли к согласию, — усмехнулся Ухтыблин. — Ну ничего, сейчас разберемся». Он спустился с крыльца и, чувствуя непривычную оттягивающую тяжесть наград на кителе, направился к джипу.

Сергей услышал шаги и тихое позвякивание металла, раздававшееся в такт шагам, поднял голову, вытащил руки из карманов и вытянулся по стойке «смирно».

Полковник, увидев майора, выпрямился на сиденье и окинул внимательным взглядом командира русского спецназа, затем подумал, вытащил сигару изо рта, открыл дверцу и вышел из машины, прихватив с собой командирскую сумку на кожаном ремешке.

«Так, — подумал Сергей, оправившись от шока, — во дает наш Ухтыблин. Целый иконостас на груди. Две медали «За отвагу», «За боевые заслуги». Два ордена «Мужества», «За службу на Кавказе», «За заслуги перед Отечеством». Остальные не знаю. И когда это он успел?»

— Полковник Сид Бронсон, Армия США. — Американец четко бросил ладонь в воинском приветствии.

Чувствовалось, что он представляется официально из уважения к форме.

— Майор Сидоров, спецназ России, — козырнул Ухтыблин.

— Говорите медленней, — подошел ближе Сергей, — мой английский...

— Я помню, сержант, — усмехнулся полковник, — однако эту фразу ты произносишь без запинки.

— Вот и хорошо, — по-русски проворчал Кубинец.

Американец немного помолчал, внимательно рассматривая китель майора, затем кивнул головой:

— Внушительно! Вы — заслуженный человек, майор.

Командир группы кашлянул, поправил ремень и произнес:

— Да бросьте вы, полковник... Ну, что? Так и будем здесь стоять? Скоро дождь пойдет. Если вы на пять минут, то выкладывайте, зачем приехали.

— За каким чертом вы забрали моего парня? — хмуро поинтересовался Бронсон. — Зачем вам нужен был раненый?

— Вы все-таки догадались, где он может быть?

— Мой сержант видел, как вы его затаскивали в вертолет.

— Так уж получилось, — пожал плечами Ухтыблин. — Он не мог сам себя перевязать.

— А вы не могли оставить его на месте?

Майор снова пожал плечами. Он вспомнил, как американский спецназовец, совсем молодой пацан, тяжело и, главное, молча крутился в траве совсем недалеко от вертолета, пачкая кровью все вокруг, и никак не смог разорвать плотную упаковку индивидуального пакета, потому что одной рукой зажимал развороченное плечо. Воробей, прикрывавший посадку, все время искоса посматривал на него, но, в конце концов, не выдержал. Он бросился к «зеленому берету», схватил его за шиворот и потащил к открытому люку.

— Брось его! — закричал тогда майор, стараясь перекрыть гул работающего двигателя. — Зачем он тут нужен?!

Ухтыблин поморщился. Он и сейчас видел глаза Воробья. Тот посмотрел на него таким странным взглядом, словно давно привычный майор предстал перед ним в виде кровожадного упыря или вампира. Эх, пацаны! Всем хороши, а вот учитывать военную необходимость еще не умеют. А может, это и хорошо? Пока, наверное, да, раз им жалко раненых врагов. Потом это чувство пройдет...

— Вы навестили его в больнице?

— Да. Он умер сегодня утром.

— Я так и думал, — кивнул майор. — Слишком большая потеря крови. Пол в вертолете отмывали целый день.

— Но все равно... спасибо, — сухо сказал Бронсон.

— Пойдемте, раз приехали. Все-таки вы в гостях.

Ухтыблин развернулся и зашагал к крыльцу. Полковник секунду поразмышлял, провожая его взглядом, потом сплюнул и последовал за ним.

В комнате майор снял китель и осторожно повесил его в шкаф.

— Проходите, Сид, — обернулся он к мрачному полковнику. — Обстановка достаточно скромная, но я не думаю, что вы сами расположились в «Хилтоне». Сергей, присаживайся на кровать.

— Я живу точно так же. В этих горах отели еще не построили, — буркнул полковник. — И хватит меня подначивать. Вы что, всерьез думаете, что «зеленые береты» живут в отелях? — Он прошел к столу, сел на табуретку, снял с головы свой берет и положил его вместе с сумкой на стол. — Дайте мне воды. Я вижу у вас холодильник. Пока ехал сюда, наглотался пыли в открытом джипе.

Ухтыблин кивнул, подошел к холодильнику, открыл исцарапанную дверцу, вытащил стеклянную бутылку с цветной наклейкой, поставил ее на холодильник и, наклонившись, запустил руку в глубь морозильной камеры.

— Сейчас я вам похолодней вытащу. У самой стенки стоит... сейчас.

— А это что у вас на холодильнике стоит? — присмотревшись к бутылке, спросил Бронсон.

— Водка, — пробормотал майор, шаря на ощупь рукой в морозилке. — Воды не вижу. Вчера же ставил.

Бронсон крякнул и несильно хлопнул ладонью по столу:

— Ладно, черт с вами... Как там вас? Сидоров?.. Пусть будет Сидоров. Плесните мне на два пальца этой самой вашей... водки. Настроение ни к черту. Да и тем более вы обещали.

Ухтыблин наконец-то вытащил из морозилки покрытую инеем пластиковую бутылку.

— Вы хотите водки?

— Да, черт возьми, я хочу выпить!

— Пожалуйста, полковник, — пожал плечами майор. — Угощайтесь. Только я не буду.

— Не хотите пить с «зеленым беретом»?

— Нет, дело не в этом. Просто сегодня жду комиссию из ООН. Или из ОБСЕ. Я не разбираюсь в этих структурах, но это не повод, чтобы выпить для храбрости. Кстати, они собираются заглянуть и к вам.

— Наливайте! Мне наплевать на все комиссии, вместе взятые!

Ухтыблин, с хрустом скрутив колпачок с бутылки, щедро плеснул прозрачной жидкости в железную кружку, наполнив ее на две трети.

— Разбавить?

Полковник махнул рукой и залпом опрокинул в себя содержимое кружки.

Ухтыблин и Сергей с интересом посмотрели на «зеленого берета».

— Браво, полковник! — улыбнулся майор. — Честно говоря, я не ожидал от вас такого умения.

— Вас же надо как-то отблагодарить за такой красивый жест? Спасти раненого врага... Благородно и глупо, если уж быть честным, — сдавленно просипел Бронсон.

— А вы бы не могли убраться отсюда, полковник? Чтобы не мутить воду своими провокациями?

— Не могу, — покачал головой «зеленый берет». — У меня приказ. У вас, кстати, тоже.

— М-да, — вздохнул Ухтыблин. — Сергей, дай мне колу, рядом с тобой стоит.

— Я знаю, что приезжает комиссия, — наконец отдышался Бронсон. — Индусы обратились в ООН с просьбой уладить межнациональный конфликт, который может закончиться войной. Не с вашей ли подсказки, майор?

— Я ничего не могу советовать правительству Индии, — пожал плечами Ухтыблин. — Но это, как мне кажется, единственный выход, чтобы вы оставили попытки раскачивать ситуацию в этом регионе. Пусть вичоли договариваются сами.

— Никто им не позволит договариваться. Мы живем в жестоком мире, в котором у слабого нет никаких прав.

— Можете мне не озвучивать официальную позицию Белого дома.

— Налейте-ка мне еще, майор Сидоров, — усмехнувшись, попросил Бронсон. — Только разбавьте колой, так мне будет привычней.

Ухтыблин исполнил требуемое и пододвинул кружку полковнику. Бронсон выпил и сказал:

— Ваши ребята неплохо подготовлены. Никто из них не побежал, хотя я и давал им такую возможность. Я, как профессиональный военный, ставлю им пятерку.

— Иначе и не могло быть.

— Браво! — Бронсон три раза вяло хлопнул в ладони. — Но это наша временная неудача. Вы ведь понимаете, что это только начало?

— Это не начало. И не конец.

— Вы правы, майор. Вряд ли мы договоримся.

Полковник поудобнее устроился на табуретке. Его лицо расслабилось, жесткий и непримиримый прищур глаз исчез. Он провел рукой по коротко стриженным волосам и слегка покачнулся.

— Наверное, я пойду командовать учебным циклом в Форт-Брегге. Буду готовить ребят для последующих встреч с вами, как мне намекнули. Опыт у меня имеется.

— Я не могу сказать, что сожалею об этом, — усмехнулся Ухтыблин.

— На мое место придет другой, — махнул рукой «зеленый берет». — Так же как и на ваше.

Майор пожал плечами. У него не было никакого желания говорить на очевидные темы.

— Да, кстати, майор, — потянулся к сумке Бронсон. — Не буду врать, я хотел к вам заехать в любом случае и проконсультироваться. Посмотрите. — Он вытащил прозрачный пластиковый пакет, в который был завернут истершийся краповый берет с вогнутой кокардой, извлек берет из пакета и бережно расправил его на столе: — Вот... что скажете? Это имеет отношение к вашим частям?

— Это краповый берет подразделений специального назначения. Выдается только хорошо подготовленным бойцам, — после некоторой паузы напряженно сказал Ухтыблин, рассматривая лежащий перед ним берет. — Откуда он у вас? Я знаю, что это не подарок.

— Это трофей. — Бронсон пододвинул кружку майору: — Плесните-ка еще. Ваша водка здорово снимает напряжение.

Ухтыблин, не отрывая взгляда от берета, наполнил кружку до половины.

— Трофей?! — глухо спросил он. — Это когда же?!

— Нет, я лично никого не убивал, — поднял ладони перед собой полковник. — Не надо так на меня смотреть! Хорошо, что у вас нет под рукой оружия, майор. Судя по вашему взгляду, вы готовы меня сейчас расстрелять. Да и ваш сержант напрягся.

Ухтыблин развернул берет кокардой к себе.

— Вы в курсе, полковник, что к краповому берету никто не имеет права прикасаться, кроме его обладателя или такого же «краповика»?

— Да? — искренне удивился Бронсон. — Я не знал... Но что поделать? Берет мой, и я распоряжаюсь им, как хочу. — Он потянулся к берету, но майор перехватил его руку:

— Подождите, полковник. Вы не уйдете, пока не скажете, как он попал к вам.

— Вот как? — усмехнулся «зеленый берет». — Неужели все так серьезно?

— Более чем, — тихо сказал майор.

— Хорошо, — легко согласился Бронсон. — Я скажу. — Он отхлебнул из кружки, крякнул и затянулся сигарой. — Это было давно. Рыжий Майк вернулся из командировки в Россию с неудачным результатом. Его группу, которую он тренировал, накрыл русский спецназ и положил почти всех. Майк поднял резерв и организовал преследование. Ему повезло. Он сумел догнать ваших, и дело близилось к концу, но спецназ ушел, оставив прикрытие всего лишь из двух бойцов. Они задали жару Майку. Но у них не было ни одного шанса. Что поделать, майор, такова жизнь спецназовца. В общем, ваши парни подорвали себя, чтобы не попасть в плен. Ну, разумеется, они сделали это, когда вокруг них собралось побольше противников.

— А берет? — спросил майор, глядя ему в глаза.

— А берет подобрал Майк, — пожал плечами полковник. — Потом отдал мне. Я помог ему составить толковый рапорт о происшедшем, и Майк отделался только разносом у нашего шефа. В общем, все свалили на бестолковость его курсантов и обстоятельства. Вы ведь знаете, майор, как важно умение составлять рапорты.

Ухтыблин, уже не слушая болтовню Бронсона, еще раз осмотрел берет. На истертой до блеска ткани виднелось несколько опаленных рваных дырочек. Не отдавая себе отчета, он взял головной убор, развернул его подкладкой к себе, и у него внезапно задрожали руки. На подкладке, уже износившейся от времени, виднелся какой-то полустертый, еле угадываемый рисунок.

— Что с вами, майор?

Ухтыблин положил берет на стол и невольно оглянулся на Сергея. Сергей медленно встал и подошел к столу.

Бронсон замолчал, тревожно переводя взгляд с одного русского спецназовца на другого.

— Что случилось?! У вас такие лица, словно вы увидели ожившее привидение. Алле, майор?!

— Это берет Резкого, — произнес Ухтыблин. — Значит, вот куда он делся... и нашелся. Там внутри рисунок. Рисунок сокола.

Сергей оглянулся на полковника. Тот сразу же опустил руку на кобуру:

— Скажите своему парню, чтобы он не делал глупостей. Если он замахнется, я буду стрелять. Я успею!

Сергей сгорбился, немного постоял, разжал кулаки и вернулся на свое место. Полковник выдохнул, покрутил головой и убрал руку.

— Послушайте, Бронсон, — снова заговорил майор, — отдайте берет мне. — Он перевел взгляд на Сергея: — Возьми себя в руки и переводи!

Одинцов очнулся и медленно, тяжело глядя на американца, принялся переводить.

— Как это — отдать?!

— Мне надо его вернуть... — начал было командир группы, но осекся, передумав посвящать американца в подробности, и проговорил: — Надо его вернуть в свое подразделение. Видите ли... краповый берет выдается только один раз. Один раз в жизни. Если он утерян, то дубликатов не существует.

— О! — прищелкнул пальцами полковник. — Значит, это — раритет? Отлично, черт возьми!

Ухтыблин выругал себя за промашку и взмахом руки усадил поднявшегося было с кровати Сергея.

— Хорошо! — хлопнул он ладонью по столу. — Хотите размен?

— Ого! — усмехнулся полковник. — Я вижу, вы настроены решительно и готовы предложить любую цену. Но этот берет не продается. Надеюсь, вы не собираетесь забирать его силой? Вы все-таки офицер.

— Обмен, Бронсон!

— Интересно. — Полковник уже пришел в себя и перестал искоса посматривать на угрюмого сержанта, ожидая любого подвоха с его стороны. И все же что-то случилось, произошло что-то настолько важное для этого парня, что тот готов был броситься на полковника. Почему и зачем? Американца это не интересовало. Зачем ему знать подробности? Но уйти с беретом ему не дадут, он это уже понял. Значит, надо извлечь максимальную выгоду из предложения. Видимо, этот головной убор для русских очень дорог. Хорошо, поторгуемся.

— Что же вы мне можете предложить? — непритворно задумался Бронсон. — Деньги? Нет, это исключено. А, я понял! Оружие? Эту вашу знаменитую бесшумную винтовку ближнего боя? Заманчиво!

— Человека, полковник.

— Какого, майор?!

— Джон Смит. Знаете такого? Ваш сержант, если я не ошибаюсь.

В комнате воцарилось молчание. Американец взял кружку и заглянул в нее. Майор пододвинул ему бутылку. Бронсон, не торопясь, налил в кружку водки, хотел выпить, но потом отставил кружку в сторону и, прищурившись, спросил:

— Вы захватили его? А вы не блефуете? Взять Джона живым практически невозможно. Я его знаю. И «зеленые береты» в плен не сдаются! Я вам не верю. Кстати, где он? Покажите мне его!

— Он не сдавался в плен. Спасаясь, он прыгнул в реку. Мой парень последовал за ним. — Майор кивнул на Сергея. — Они там распугали всех бегемотов, пока барахтались в воде. Ваш сержант отлично плавает, но и мой отлично стреляет. А с одной рукой ваш Джон далеко не уплыл. Он сам выскочил на берег, опасаясь, что запах крови привлечет кайманов.

— Черт бы вас всех побрал!

— Давайте меняться. Иначе Джон Смит послужит подтвержденим тому, что вы тут занимаетесь темными делишками.

— Черт бы вас всех побрал! — повторил полковник.

— Я вижу, вы согласны. Тогда подождите минуту. Мне надо уладить некоторые формальности. Сергей, открой сейф и вытащи телефон.

Глава 13

Полковник Андрей Осипович Кузьмин, старший адъютант заместителя командующего внутренними войсками по оперативным вопросам, встал из глубокого кресла и, разминая ноги, несколько раз прошелся по начищенному паркету приемной, поглядывая на громадную, до потолка, узорчатую дверь, обитую в середине кожей. Второй адъютант, сидевший у окна, склонился над компьютером, готовя вечернюю сводку по войскам. Кузьмин, словно невзначай, оглянулся на него, но тот полностью погрузился в работу, негромко и быстро стуча по клавиатуре.

Андрей Осипович покосился на дверь, но подходить к ней не стал, чтобы не выглядеть любопытствующим мальчишкой в глазах молодого капитана. Еще решит, что он собирает секретную информацию. А все-таки интересно, о чем там идет речь... Сам начальник оперативного отдела Генерального штаба прибыл с визитом, и с ним еще два генерала и два полковника. За два часа даже чаю не попросили... Что-то случилось? А если случилось, то каким боком это может выйти его шефу и, следовательно, как это отразится на нем самом?

Андрей Осипович подошел к окну, оперся руками на широкий подоконник и задумался, глядя на оживленную улицу, забитую машинами и спешащими куда-то людьми.

Почему-то он вспомнил небольшую лысоватую высотку, заросшую по подножию лесом, и такие же холмы, уходящие от нее к предгорьям. Было без двух минут восемь утра. Почему он запомнил это время? Потому что он тогда испугался. Ефрейтор Кузьмин испугался, глядя на взлетающий вертолет. Именно тогда он и засек время. Ухтыблин что-то заорал из открытого люка, приложив руки рупором ко рту, но Кузя не расслышал его, и тогда прапорщик показал два пальца, а затем постучал указательным пальцем по запястью.

— Через два часа, — сказал Тюлень, загораживаясь ладонью от солнца, — вернется через два часа.

— Уф! — вздохнул Кузя, поправляя автомат и оглядываясь. — А я уже подумал, что через двое суток.

— Дурак! — усмехнулся Тюлень. — Вся операция и займет пару часов. Давай располагаться. — Он сбросил вещмешок на траву и осмотрелся: — Да, все правильно... Видишь, внизу гравийка? А вон там лес? Именно оттуда и должна выйти машина. А мы должны задержать ее.

— А как... задерживать?

Кузя был тогда еще молод и неопытен и не знал, что ответа на его предельно простой вопрос у сержанта нет.

— Как, как, — недовольно проворчал Тюлень. — Молча! Подходим, спрашиваем документы...

— Ну, дают они нам документы... а потом?

— А потом их задерживаем!

— А если они... это... будут стрелять? И мы по ним тоже?

— Ты правила применения оружия учил? — недобрым тоном поинтересовался сержант, вытаскивая свернутый спальник из рюкзака.

— Учил.

— Сдавал?

— Так точно.

— Вот и действуй в соответствии с ними! — раздраженно бросил Тюлень.

Кузя и подумать тогда не мог, что подобный диалог между сержантом и майором состоялся всего лишь на полчаса раньше.

Вертолет не прилетел ни через два часа, ни через три, а к обеду солнце затянуло облаками, подул ветер, и пошел мелкий нудный дождь.

Да, двое суток они просидели на высотке, пока не наладилась погода. А машина так и не проехала...

Андрей Осипович вздохнул. Много позже он узнал, что тогда им с Тюленем просто повезло. Пока бы они там копались с документами... А может, и до документов дело бы и не дошло, их бы расстреляли сразу.

Интересно, а где сейчас сержант? А прапорщик? Наверное, на пенсии уже. Правда, видел он как-то Тюленя, когда заместитель командующего приезжал в часть с проверкой, но тогда Андрей Осипович был действительно занят. Тюлень обиделся? Наверное... Ну, и ладно. Что было, то было, а сейчас у каждого своя жизнь. И полковник ее честно заслужил. Москва, хорошая квартира, хорошая жена, сын растет, и за плечами последний курс академии. Старикан еще вполне бодр, и слухи об его отставке пока даже еще не появились на горизонте. А это значит, что жизнь продолжается. И служба тоже. А там посмотрим.

Мелодично затренькал спутниковый телефон, стоявший на полированном столе старшего адъютанта. Андрей Осипович вздрогнул и обернулся. Звонок этого телефона всегда означал, что сейчас ему будут сообщены какие-то очень важные новости. Хорошие или плохие, полковник еще не знал. Он незаметно перекрестился, откашлялся в сторону, придавая солидности голосу, и, взяв трубку, произнес:

— Полковник Кузьмин.

— Группа номер четыре, майор Сидоров.

Голос Ухтыблина был отлично слышен, как будто прапорщик стоял в двух метрах от старшего адъютанта.

Андрей Осипович ошеломленно молчал, пытаясь привести свои мысли в порядок. Неужели бывают такие совпадения? Мистика какая-то...

— Алле? — уже нетерпеливо проговорил майор. — Алле, вы меня слышите?

Андрей Осипович, вместо того чтобы ответить, только кивнул головой.

— Группа номер четыре, майор Сидоров. Алле? Да что это за связь такая?!

Было слышно, как майор подул в трубку. Это нелепое действие привело полковника в чувство, и он чуть было не рассмеялся.

— Не надо дуть в трубку, майор, это вам не совковая связь, — хорошо поставленным голосом проговорил старший адъютант. — Слушаю вас.

Значит, майор сейчас за границей. Все группы спецназа, выполнявшие задания повышенной важности и секретности за рубежом, имели только четные номера, и командиры групп имели право звонить по защищенному каналу связи в любое время дня и ночи.

— Мне нужен Василий Степанович, — уверенно произнес Ухтыблин.

Андрей Осипович открыто усмехнулся. Хорошо, что сейчас его никто не видит.

— У Василия Степановича очень важное совещание. Что у вас, майор? Докладывайте.

— Вот черт! — вполголоса ругнулся его собеседник. — А нельзя меня с ним соединить? Дело особой важности.

— Майор! — слегка повысил голос Андрей Осипович.

Ухтыблин понял по тону адъютанта, что у заместителя командующего, курировавшего все возникающие оперативные вопросы, действительно нет времени поговорить с ним лично.

— Ну, хорошо, хорошо, — сдался он. — Значит, так...

— И вы предлагаете обменять американца на краповый берет? — искренне удивился Андрей Осипович, выслушав слегка сбивчивый, эмоциональный рассказ майора.

При этих словах младший адъютант оторвался от компьютера.

— Ну да, — просто ответил Ухтыблин. — Речь идет о чести «краповика». Доложите об этом Василию Степановичу. Он должен понять.

— Я ничего ему сейчас докладывать не буду, — холодно проинформировал своего собеседника Андрей Осипович. — Повторяю, у него очень важное совещание. Потом.

— Ах, потом... — протянул майор.

Андрей Осипович вздохнул. Он отлично знал нрав своего бывшего командира.

— Надо доложить ему сейчас, — вкрадчиво проговорил Ухтыблин. — Это просьба. Если вы прямо сейчас не доложите ему об этом, то я вернусь, найду тебя, полковник, и лично набью тебе морду! Несмотря на всякую срочность и неотложность моих дел!

Полковник покачал головой. Ухтыблин совсем не изменился. И куда только его руководство смотрит?

— Да не могу, я, Иваныч, — сказал он в трубку. — У него сейчас офицеры из Генштаба сидят, а я тут вломлюсь с твоим предложением. Выгонят же...

В трубке повисла пауза. Полковник обернулся и увидел изумленно смотревшего на него младшего коллегу. Он сердито махнул капитану рукой, и тот снова уставился в компьютер, старательно изображая увлеченность работой, но полковник видел, что тот прислушивается к разговору не только ушами, но и всем своим телом.

— Ух ты, блин... Кузьма, ты, что ли?!

— Я, — поморщился Андрей Осипович. — Только обращайтесь ко мне по уставу, товарищ майор.

— Кузьма, чертяка, живой! Вот это да! А я подумал, что это однофамилец, только голос показался знакомым. Ну, мало ли что покажется знакомым по телефону!

— Да, — нейтрально произнес Андрей Осипович, — бывает.

— Кузьма... тьфу, черт... полковник ты мой дорогой, иди скорее к Василию Степановичу, доложи. Сам понимаешь, дело-то какое!

— Я уже озвучил вам мое отношение к данному вопросу. Я не считаю его важным и неотложным. Да и вообще... вы представляете, как я ему буду докладывать?! Обменять спецназовца иностранной державы на давно забытый краповый берет! Вы в своем уме?!

Возмущение старшего адъютанта было совсем не наигранным, и майор сразу почувствовал это.

— Ага, — задумчиво протянул Ухтыблин. — Давно забытый, значит?

— Так точно! Давно забытый...

— Ефрейтор Кузьмин, вы помните свою сдачу?

Голос майора напомнил Андрею Осиповичу давние времена, и он даже невольно подтянулся, но потом, ругнувшись про себя, расслабился.

— Это не имеет отношения к делу, — кашлянул Андрей Осипович и опять бросил грозный взгляд на капитана.

— Ах, не имеет... Ты помнишь, как ты блевал на полосе? Помнишь, как говорил — я больше не могу? Помнишь?!

— Я повторяю, это не имеет...

— Кто тебя тогда поднял, в нарушение всех правил, кто?! Молчишь?! А кто против тебя стоял в последнем бою, кто тебе слегка поддался, потому что ты, весь в соплях и крови, едва держался на ногах? Ну?!

Андрей Осипович молчал. В кабинете стояла мертвая тишина. Капитан за компьютером превратился в беззвучную статую.

— Ты помнишь, как ты целовал берет разбитыми губами, стоя на одном колене? Как ты не удержался и упал на землю? Ты ползал, как червяк, и не мог встать, но берет держал в поднятых руках? На нем еще остались следы твоей крови!

Андрей Осипович тяжело вздохнул:

— Хватит, Ухтыблин! Пойду доложу, пожалуй... Перезвоните потом, майор. Возможно, к этому времени я уже сменю место службы. И пошел ты к черту, Иваныч!

Глава 14

Hа Северном Кавказе середина сентября по великолепию погоды не уступает признанным мировым курортам.

Солнце неярко греет с прозрачного голубого неба, днем в тени уже несколько прохладно, а в чистом воздухе держится еле уловимый запах разогретого к вечеру леса.

— Красота-то какая! — оглянулся Бугай. — Смотри, как четко Машук и Бештау видно.

— Да, хорошо, — согласился с ним Кованый. — И никакой Индии не надо.

— Не напоминай мне о ней, — сплюнул Бугаев. — Даже если у меня будут деньги, я на Восток не поеду. Я поеду на Север. Вот в Архангельск, например.

Спецназовцы сидели на лавочке, ожидая вечернего построения.

— Говорят, нашему майору подполковника дали?

— Не знаю, — пожал плечами сержант. — После отпуска я его еще не видел.

Кованый метко бросил окурок в бочку с песком.

— Я слышал, что у нас командир новый будет.

— Я тоже слышал, — отозвался Сергей, докуривая сигарету. — Говорят, мужик с огромными связями. На самый верх выходят.

— Вот интересно, что надо мужику, как ты сказал, Кубинец, со связями в нашей дыре? — выпрямился на лавочке Бугаев. — Езжай в Москву или куда-нибудь еще получше, раз ты со связями! Нет, надо именно к нам приехать! — Он сердито стукнул кулаком по колену.

— Да ладно, Витя, брось! — махнул рукой Кубинец. — Как-нибудь сработаемся и с ним. Начальству все-таки виднее.

— Ну что, пошли строиться? Вон уже и дневальный к нам бежит.

— Товарищ старший сержант, приказано строиться для вечерней проверки! — доложил, подбегая, запыхавшийся солдат.

— Сколько служишь, сынок? — обратился к нему Кованый.

— Ну... по контракту три месяца уже.

— Нет в армии вечерней проверки, парень. Ты это запомни на всю жизнь. Ну, или на всю службу.

Молодой белобрысый солдат недоуменно уставился на Кованого, пытаясь сообразить, правду говорит сержант или шутит.

— Есть вечерняя поверка, — пожалел его Сергей. Он встал и похлопал новичка по плечу. — А проверка бывает только в зоне. Пошли, что ли.

— Отряд, смирно! Равнение напраааво!

Дежурный офицер приложил руку к козырьку и, печатая шаг, двинулся к крыльцу штаба.

На крыльцо вышел Ухтыблин вместе с незнакомым полковником. Они откозыряли офицеру и встали перед строем.

— Я — полковник Кузьмин, — звучно отрекомендовался незнакомый офицер. — Специально приехал из Москвы, чтобы от имени заместителя командующего Внутренними войсками Российской Федерации представить вам нового командира. Вы все его хорошо знаете. — Кузьмин кашлянул и обвел глазами замерший строй. — Подполковник Сидоров, товарищи бойцы...

«Ух ты, блин! — восхитился Сергей. — А погоны-то я сразу и не заметил!»

В строю начали улыбаться и переглядываться.

— Отставить улыбочки! — негромко приказал Ухтыблин. — Вы меня еще не знаете. Рано обрадовались. Я вам веселую жизнь еще устрою!

В строю уже начали открыто ухмыляться и подталкивать друг друга локтями.

Кузьмин с неприкрытым удивлением вдруг обнаружил, что подполковник Сидоров пользуется в отряде огромным уважением.

— Повезло пацанам, — пробормотал он под нос.

Ухтыблин глянул на него недоуменно, а потом распорядился:

— Семенов! Давай, зачитай приказы.

Худой офицер, на котором форма висела, как на вешалке, вышел из строя, откашлялся, раскрыл папку и принялся монотонно читать:

— Приказ номер... присвоить старшему сержанту Бугаеву звание прапорщика и назначить заместителем командира второго взвода... сержанту Никифорову присвоить звание старшины...

Далее следовало еще несколько фамилий перемещенных по служебной лестнице.

— Награждается орденом Мужества, — продолжал скучным голосом начальник штаба, — прапорщик Бугаев... медалью «За отвагу» — сержант Никифоров.

«Да это же Воробей — Никифоров! — осенило Одинцова. — А я сразу и не сообразил... Ну что же... они честно заработали, без всякого блата».

Он и не надеялся услышать свою фамилию в списке награжденных. Сергей знал, что он просто выполнял боевую задачу, вот и все. А если за каждый бой, после которого солдат остается живым, давать награду, то через месяц весь личный состав отряда стал бы Героями России.

— Поздравляю, Витя, — вполголоса сказал Сергей. — Молодцы!

Новоявленный прапорщик крякнул и покраснел.

— Согласно положению о присвоении крапового берета... — продолжал негромко нудить Семенов.

«Опять кому-то дают «краповика», — отметил мельком Сергей. — Наверное, пока мы в отпуске да по санаториям отдыхали, кто-то ездил в Софрино сдавать. Интересно, кто?»

— За проявленные высокие морально-боевые качества... за проявленную отвагу на поле боя... присвоить краповый берет рядовому Одинцову.

— У меня все, товарищ подполковник.

Семенов закончил читать, с треском захлопнул кожаную папку и поднял голову.

В строю сразу же воцарилась напряженная тишина. Все прекрасно знали, насколько тяжело было сдать на краповый берет. К сдаче готовятся годами, постепенно закаляя свое тело и выходя на высокие физические кондиции, словно спортсмены перед важным стартом. Бывает и так, что какая-нибудь мелочь сводит на нет напряженную полугодичную подготовку. Например, отказавший на финише автомат.

А тут вдруг присваивают чуть ли не на ровном месте! Более молодые солдаты начали оборачиваться на старослужащих. «Краповики» пожимали плечами и переглядывались. Наконец Бугай не выдержал. Чувствуя, что на нем скрестились взгляды многих солдат, он решил нарушить Устав:

— Да есть такой пункт в правилах, есть! Я и Воробей подтверждаем право Одинцова на краповый берет! Сами видели! Короче, в общем... — Он покраснел, хотел еще что-то сказать, но только лишь энергично рубанул ладонью воздух.

Ухтыблин усмехнулся. Да, это, пожалуй, первый случай на его веку, чтобы боец получил берет без экзаменов. Хотя такой пункт в Уставе предусмотрен.

— Берет вручим на торжественном построении бригады. А сейчас... вольно, разойдись! По распорядку!

Строй распался. Сергей остался на месте, чувствуя, как у него горят щеки.

— А ты еще шевроны не пришил, «краповик»?! — загудел рядом голос Бугая. — Да что же это такое? Ну, и дисциплинка!

— Я не успел, товарищ прапорщик. То госпиталь, то в отпуске был. Вот после наряда форму оборудую.

Прапорщик вдруг со всего маху хлопнул Одинцова по плечу и засмеялся.

Оглавление

Литературно-художественное издание

СИЛЫ СПЕЦИАЛЬНЫХ ОПЕРАЦИЙ

Зверев Сергей Иванович (Асфаров Олег)

ШЕВРОНЫ СПЕЦНАЗА

Ответственный редактор *О. Дышева*
Редактор *Т. Чичина*
Художественный редактор *Д. Сазонов*
Технический редактор *И. Гришина*
Компьютерная верстка *Л. Панина*
Корректор *И. Гончарова*

ООО «Издательство «Эксмо»
123308, Москва, ул. Зорге, д. 1. Тел. 8 (495) 411-68-86, 8 (495) 956-39-21.
Home page: **www.eksmo.ru** E-mail: **info@eksmo.ru**

Өндіруші: «ЭКСМО» АҚБ Баспасы, 123308, Мәскеу, Ресей, Зорге көшесі, 1 үй.
Тел. 8 (495) 411-68-86, 8 (495) 956-39-21
Home page: www.eksmo.ru E-mail: info@eksmo.ru.
Тауар белгісі: «Эксмо»
Қазақстан Республикасында дистрибьютор және өнім бойынша
арыз-талаптарды қабылдаушының
өкілі «РДЦ-Алматы» ЖШС, Алматы қ., Домбровский көш., 3«а», литер Б, офис 1.
Тел.: 8 (727) 2 51 59 89,90,91,92, факс: 8 (727) 251 58 12 вн. 107; E-mail: RDC-Almaty@eksmo.kz
Өнімнің жарамдылық мерзімі шектелмеген.
Сертификация туралы ақпарат сайтта: www.eksmo.ru/certification

Сведения о подтверждении соответствия издания
согласно законодательству РФ о техническом регулировании можно получить
по адресу: http://eksmo.ru/certification/
Өндірген мемлекет: Ресей
Сертификация қарастырылмаған

Подписано в печать 03.11.2015. Формат 84х108 $^1/_{32}$.
Гарнитура «Петербург». Печать офсетная. Усл. печ. л. 13,44.
Тираж 2000 экз. Заказ № 37735.

Отпечатано в соответствии с качеством предоставленных издательством
электронных носителей в АО «Саратовский полиграфкомбинат».
410004, г. Саратов, ул. Чернышевского, 59. www.sarpk.ru